Häa-net.com
哈福網路商城

Häa-net.com
哈福網路商城

精選1000句最簡單旅遊會話

觀光日語
易學通

很簡單
大膽說

朱讌欣　渡邊由里◎合著

哈福

一書在手，輕鬆遊日本

日本四季分明，春櫻、夏綠、秋楓、冬雪，美不勝收，東京引領流行風潮，是國人旅遊的最愛。

很多到日本觀光、出差的朋友都有相同的經驗：拿起佈滿中國漢字的菜單，卻不知如何下手點菜；住飯店時，任憑接待員擺佈，要求客房服務也是有口難言；其他如逛街購物、搭車旅遊、參觀名勝等，由於語言不通所造成的困擾，其實都可由您預先的學習準備，得以迎刃而解。

當您好不容易有個假期，打算到日本度個假，放鬆心情時，如何臨陣磨槍，在最短時間內學得一口流利、實用的觀光日語，而玩得自由自在呢？

本書專為到日本旅行的您，精選最簡單便利的會話表現，只要套用這些句型公式，一個人走在街上，與日本人交談，就絕不是難事。

旅行之樂是因人而異，隨興所至的，有些人樂在大自然的青山翠谷，有些人沈醉在感性的藝術殿堂、曼妙的音樂世界裡，有些人為觀察異國不同的生活型態而樂此不疲，當然逛街購物、美食佳餚，也讓旅行更加充實愉悅。

不管什麼樣的旅行，最令人永生難忘的還是在旅行中與人的接觸，也許只是與陌生人打個招呼，也許只是一段短短的交談。但是，一趟旅行卻可能因此而大改其面貌，讓這一段回憶更雋永有味。

在這裡，人們心中所追求的不是風景畫上的景色，不是去名牌商店瞎拼，而是豐富人生色彩的一段心靈交會，這也是旅行的真正價值所在。

能確實地表達自己的意思，讓旅行更饒富趣味的，首在語言。如何在旅行中針對不同場合，做最明確簡單的表達呢？本書有鑑於此，乃精選旅行中各種場合所需的會話，並以實用為要，配合實際狀況，收集最簡單、最明瞭、最生 的句子。我們深信，有此一書在手，您會玩得更稱心、走得更自在。

本書涵括旅行中遇到食衣住行各個層面，讓您在最短時間內，學到一口道地日語，完全融入日式環境，體驗日本的風土人情，無論身處任何情境，都能應對自如，充分享受旅遊的樂趣。

目錄

第六篇　觀光娛樂

第七篇　電話、郵局

第八篇　遇到麻煩

第九篇　回國

第一篇　各種基本表現

從日常的寒暄開始，到感謝、介紹、道歉、請求、詢問、遇到麻煩等等。介紹最常使用的會話短句，若能靈活應用，旅行中所需的基本溝通，便可迎刃而解了。

1 打招呼的表現

A：こんにちは。

你好。

B：こんにちは。

你好。

A：いいお天気<ruby>天気<rt>てんき</rt></ruby>ですね。

今天天氣真好啊！

B：そうですね。

是啊！

A：お出<ruby>出<rt>で</rt></ruby>かけですか。

要出門嗎？

B：はい、ちょっとそこまで。

是的，就上那兒一下。

旅遊豆知識

日本人是注重禮節的民族。因此，無論何時遇上熟人，都必定要互打招呼。早上遇到人時説「おはようございます。」白天説「こんにちは。」黃昏之後説「こんばんは。」又日本人熱愛大自然，對天氣的變化特別敏感。因此一般常會出現有關天氣的話題來代替互道寒暄。且天氣的話題往往使談話進行得更為順暢。

■見面及道別時

おはようございます。	早上好！
こんにちは。	您好！
こんばんは。	晚上好！
お久しぶりです。	好久沒見啦！
いいお天気ですね。	天氣真好啊！
失礼します。	我告辭了。
さようなら。	再見。
それではまた。	那麼，改天見。
おやすみなさい。	晚安。
気をつけて。	請小心。
お元気で。	祝您健康。
よいご旅行を。	祝你一路平安。

各種基本表現

到日本

住宿

飲食

逛街購物

觀光娛樂

電話、郵局

遇到麻煩

回國

2 介紹的表現

A：初めまして。山田と申します。どうぞよろ
しく。

初次見面，我叫山田。請多指教。

B：私は陳です。こちらこそ、どうぞよろしく。

我姓陳，彼此、彼此，請多指教。

A：あの、こちらの方は…。

請問這位是……？

B：ご紹介いたしましょう。こちらはガイドの
鈴木さんです。

我給您介紹一下，這位是導遊鈴木先生。

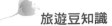 **旅遊豆知識**

　　到國外旅遊有機會認識外國人，也是一件令人極為興奮的事。日本人初次見面常交換名片，表示向對方致意。所以最好隨身攜帶名片。向朋友作介紹時，一般先把長輩介紹給晚輩，男性介紹給女性。如果雙方在性別、地位等大都相同時，則先把熟悉的一方介紹給對方。介紹後互相行禮寒暄，一般不握手。打聽對方月薪、問女的年齡都是失禮的。

■自我介紹

初^{はじ}めまして。	初次見面。
よろしく。	請多指教。
私^{わたし}は王建國^{わうけんこく}と申^{もう}します。	我叫王建國。
どうぞ宜^{よろ}しくお願^{ねが}いします。	請您多多指教。
私^{わたし}の名前^{なまえ}は李慶忠^{りけいちゅう}です。どうぞよろしく。	我的名字叫李慶忠。請多指教。
私^{わたし}は田中^{たなか}です。こちらこそ、どうぞよろしく。	我叫田中。彼此彼此，請多指教。
山下^{やました}みどりと言^いいます。どうぞよろしく。	我叫山下綠。請多指教。

■介紹他人

ご紹介^{しょうかい}いたします。こちらは高橋^{たかはし}さんです。	我給您介紹一下，這位是高橋先生。
ご紹介^{しょうかい}しましょう。こちらは鈴木^{すずき}さんです。	讓我介紹一下，這位是鈴木先生。

各種基本表現

到日本

住宿

飲食

逛街購物

觀光娛樂

電話、郵局

遇到麻煩

回國

3 感謝的表現

A：山田さん、これお土産です。

> 山田小姐，這是給你的禮物。

B：ありがとうございます。わぁ、おいしそう。

> 謝謝。哇！很好吃的樣子。

＊＊＊

A：陳さん、スーツケース持ちましょうか。

> 陳小姐，讓我來拿旅行箱吧！

B：あっ、すみません。

> 啊，不好意思。

旅遊豆知識

在多禮之邦的日本即使遇到些許的小事，也常能聽到「ありがとうございます」來表示感謝之情。出外旅遊，得到別人的幫忙當然要表示感謝，但是對方幫不上忙，也別忘了説一聲「ありがとうございます」。又，在別人跟你道謝時，請回「どういたしまして」或「なんでもありません」就很得體了。

■道謝

ありがとう。	謝謝。
ありがとうございます。	謝謝您。
どうもすみません。	真不好意思。
恐れ入ります。	對不起，不好意思。
どうもご親切に。	謝謝您熱誠相待。
お世話になりました。	承蒙您的關照了。

＊＊＊

■「不客氣」等的表現

どういたしまして。	別客氣。
こちらこそ。	該是我謝謝您哪。
なんでもありません。	沒什麼的。
遠慮しないで下さい。	請別客氣。

4 道歉的表現

A：はい、笑って、チーズ。

要照了，笑一個，cheese。

B：お客さん、ここで写真はとらないで下さい。

請不要在這裡拍照。

A：あっ、すみません。

啊，對不起。

＊＊＊

A：陳さん、遅いですよ。

陳小姐，你真慢。

B：ごめんなさい。

對不起。

旅遊豆知識

「すみません」「ごめんなさい」「失礼しました」和「申し訳ございません」都是對不起的意思，但所表達的歉意程度略有不同。例如不小心踩到別人的腳時用「すみません」。不經意碰到他人的肩膀或請別人讓路時用「ごめんなさい」。而「申し訳ございません」是用在給對方帶來麻煩，有較大失誤的時候。

■真是抱歉

すみません。	對不起。請問。
ごめんなさい。	對不起。勞駕。
申<ruby>し訳ございません。	實在抱歉。
失礼しました。	失敬了。
お許し下さい。	請原諒。
ご迷惑をおかけしました。	給你添麻煩了。
お待たせして、すみません。	讓您久等了，對不起。
すみません、人違いでした。	對不起，我認錯人了。

■回答「對不起」的表現

いいえ、かまいません。	不，別介意。沒關係。
いいえ、大丈夫です。	不，不要緊。
なんでもありません。	沒什麼。
いいんですよ。	不必在意。

各種基本表現

到日本

住宿

飲食

逛街購物

觀光娛樂

電話、郵局

遇到麻煩

回國

5 徵求同意、許可的表現

A：ここに座<ruby>座<rt>すわ</rt></ruby>ってもいいですか。

可以坐這裡嗎？

B：はい、どうぞ。

可以，請。

＊＊＊

A：これ、試食<ruby>試食<rt>ししょく</rt></ruby>してもかまいませんか。

這個可以試吃嗎？

B：どうぞ、どうぞ。

請，請。

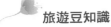

旅遊豆知識

　　到日本旅遊所至之處大都是公共場所，公共場所設限的事項必定很多。例如拍照或抽煙，最好事先詢問一下周圍的人。相反地，當對方徵求您的同意或許可時，可以簡單地回答「どうぞ」「いいわ」（可以）「かまわないよ」（沒關係）等等。

■可以⋯嗎

ご一緒してもいいですか。	可以跟您一起嗎？
電話番号を教えてもらえますか。	可以告訴我電話號碼嗎？
ここに座ってもいいですか。	可以坐這裡嗎？
たばこを吸ってもかまいませんか。	可以抽煙嗎？
写真を取ってもよろしいですか。	可以拍照嗎？
少し休んでもいいですか。	可以休息一下嗎？
これをもらってもよろしいですか。	可以拿這個嗎？
これを借りてもかまいませんか。	可以借這個嗎？
入ってもいいですか。（トイレ）	可以進去嗎？（廁所）
ドルで払ってもよろしいですか。	可以付美金嗎？
見てもかまいませんか。	看一下有沒有關係？

各種基本表現

到日本

住宿

飲食

逛街購物

觀光娛樂

電話、郵局

遇到麻煩

回國

6 再問一次的表現

A：どのぐらい滞在^{たいざい}する予定^{よてい}ですか。

您預定停留多久？

B：えっ？

啊？

A：どのぐらい滞在^{たいざい}する予定^{よてい}ですか。

您預定停留多久？

B：すみません、もう一度^{いちど}お願^{ねが}いします。

您預定停留多久？

A：どのぐらい滞在^{たいざい}する予定^{よてい}ですか。

很抱歉，請再說一次？

B：一週間^{いちしゅうかん}です。

一個禮拜。

旅遊豆知識

聽不清楚或無法理解對方所説的話時，請不要故作理解狀，要積極地再問對方。以笑來搪塞恐怕會引起對方的不信。最簡單的一句話是「え？」要不然請説：「もう一度言って下さい。」對方知道您是外國人一定會慢慢地再説一次。

■請再說一遍

えっ。	啊？
何ですか。	什麼？
何でしょうか。	什麼呢？
もう一度言って下さい。	請再説一次。
もう一度お願いします。	麻煩再説一次。
よく聞き取れませんでしたが。	我聽不清楚。
もう一度おっしゃって下さい。	請您再説一次。
おっしゃることがよく分かりませんが。	我不懂您所説的。
もう少しゆっくり言ってください。	請再説慢一點。
漢字で書いていただけませんか。	能寫給我漢字嗎？
私の言うことが分かりませんか。	您不了解我所説的嗎？

各種基本表現

到日本

住宿

飲食

逛街購物

觀光娛樂

電話、郵局

遇到麻煩

回國

7 請求、委託的表現

A：コーヒーをください。

請給我咖啡。

B：アイスですか。ホットですか。

冰的？還是熱的？

A：ホットをお願いします。

請給我熱的。

***

A：写真をとっていただけませんか。

可以幫我拍一下照嗎？

B：いいですよ。はい、チーズ。

好啊！要拍了，cheese。

20

**旅遊豆知識**

　看電影、買車票、到餐廳點菜，最簡單的說法是單字後面加上「～をください」。請教別人如何寫入境卡，請別人幫您拍照，最好使用較有禮的「いただく」。購物時只要在您想要的東西後面加上「～がほしい」店員就會拿出您想要的東西給您看了。

■麻煩你…

ジュースをください。	請給我果汁。
コーヒーをお願いします。	請給我咖啡。
これが欲しいのですが。	我要這個。
この服が欲しいのですが。	我要這件衣服。
お勘定をお願いします。	請幫我算帳。
新宿駅までお願いします。	請到新宿車站。
道を教えてくれませんか。	可以告訴我路怎麼走嗎？
荷物を運んでください。	請幫我搬行李。
タクシーを呼んで欲しいのですが。	我想要叫輛計程車。
写真をとっていただけますか。	能幫我拍個照嗎？
病院へ連れていってもらえませんか。	可以麻煩您帶我到醫院嗎？
原宿に行きたいのですが。	我想去原宿。

8 呼喚的表現

A：あの、ここは原宿ですか。

> 請問，這裡是原宿嗎？

B：いいえ、ここは新宿です。

> 不，這裡是新宿。

***

A：すみません、あの建物は何ですか。

> 請問，那棟建築物是什麼？

B：あれは東京タワーです。

> 那是東京鐵塔。

旅遊豆知識

　向對方求助、要東西、問路或打聽事物時，先說「すみません」（對不起，請問……），不僅可促使對方注意到您，更讓人覺得有禮得體。「すみません」不僅含「抱歉給您添了麻煩」且有「感謝」之意。「あの」也相當於請問，但沒有「すみません」來得有禮。

■請問…

すみません。	請問。
すみません、ここ空いていますか。	請問，這裡有人坐嗎？
あの、道をお尋ねしたいのですが。	我想問路。
ちょっと、これを見せてください。	麻煩，請給我看一下這個。
すみません、これください。	麻煩你，請給我這個。
あの、今何時ですか。	請問，現在幾點了。
ちょっとお聞きしたいんですが。	想請問一下。
ちょっといいですか。	可以麻煩一下嗎？
すみません、お願いします。	麻煩你，我要換錢。
お先にどうぞ。	請先走。
見てください。	請看一下。

到日本　住宿　飲食　逛街購物　觀光娛樂　電話、郵局　遇到麻煩　回國

9 詢問的表現

A：フィルムはどこで売っていますか。

底片在哪裡販賣呢？

B：コンビニエンスストアで売っていますよ。

便利商店有在販賣啊。

A：この近くだと、どこにありますか。

這附近的話，哪裡有呢？

A：まっすぐ行って、信号を右に曲がるとあります。

直走到紅綠燈後右轉就有了。

B：歩いてどのぐらいかかりますか。

走路要花幾分鐘？

A：10分ぐらいです。

10分鐘左右。

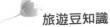
旅遊豆知識

旅遊中有很多詢問的機會。答案如果為是或不是的話，那就單純多了。詢問他人時，要讓重點明確，儘可能簡單扼要的表達您所想知道的事情。如果詢問或有疑問的事情不只一項，請不要一次全問，一個一個有順序地，對方容易回答，您也較能理解。

■…嗎

彼女はいくつですか。	她幾歲？
これはいくらですか。	這個多少錢？
割引はありますか。	有打折嗎？
ホテルへはどう行けばいいですか。	到飯店怎麼走？
歩いてどのぐらいかかりますか。	走路要花幾分鐘？
トイレはどこですか。	廁所在哪裡？
電話はどこですか。	電話在哪裡？
これは何ですか。	這是什麼？
これはどこで売っていますか。	這個在哪裡有賣呢？
今、何時ですか。	現在，幾點？
これはどういう意味ですか。	這是什麼意思？
これは日本語で何と言いますか。	這個日語怎麼話？

各種基本表現

到日本

住宿

飲食

逛街購物

觀光娛樂

電話、郵局

遇到麻煩

回國

10 遇到困難時的表現

A：助けてください。

請幫幫我！

B：どうしたんですか。

怎麼了？

A：財布を取られました。

我的錢包被偷了。

B：財布の中には何が入っていましたか。

錢包裡有什麼？

A：現金とカードです。

現金和信用卡。

旅遊豆知識

　　旅遊外國萬一發生意外、生病、失竊、錢不夠用時怎麼辦？屆時一定要鎮定自己，説出自己的困境，求救於他人。如果悶不吭聲，不但不能解決問題，只會使情況更糟的。請配合第八篇的＜遇到麻煩＞，並謹記下面的幾種表現方式。

■怎麼辦

財布をなくしました。	我的錢包不見了。
警察署はどこですか。	警察局在哪裡？
道に迷いました。	我迷路了。
すみません、新宿駅はどこですか。	請問，新宿車站在哪裡？
一番近い駅はどこですか。	最近的車站在哪裡？
医者を呼んでください。	請叫醫生來。
早く。	快一點！
助けてください。	請救救我！請幫幫我！
ここが痛いです。	這裡痛！
お腹が痛いです。	肚子痛！
けがをしました。	受傷了。

各種基本表現

到日本

住宿

飲食

逛街購物

觀光娛樂

電話、郵局

遇到麻煩

回國

筆記欄

第二篇　到日本

1 在飛機內

實況會話一：入座

A：すみません、席を換わってほしいのですが。

先生，我想跟您換一下座位。

B：いいですよ。

可以。

A：ありがとうございます。日本の方ですか。

謝謝。您是日本人嗎？

B：はい、そうです。あなたは。

是的。您呢？

A：中国人です。

我是中國人。

B：日本は何度目ですか。

您這是第幾次去日本？

A：今回が初めてです。

這是第一次。

各種基本表現

到日本

住宿

飲食

逛街購物

觀光娛樂

電話、郵局

遇到麻煩

回國

B：日本語がお上手ですね。

您日語說得很好。

A：いえいえ、まだまだです。

哪裡哪裡。還差得遠呢。

旅遊豆知識

　在日本線飛機上會有台籍和日籍的空服人員，因此不必擔心語言上無法溝通。但是為了到日本能更順暢的說日語，找日籍空服人員或日本旅客做做練習，未嘗不是一個好方法。特別是在用餐後說一句：「ごちそうさまでした」（吃飽了，謝謝你）。或跟日本旅客聊聊天，您會得到意想不到的效果。

■相關表現

この席はどこでしょうか。	這個座位在哪裡？
ここは私の席です。	這裡是我的座位。
ごめんなさい、間違えました。	抱歉，我坐錯位子了。
禁煙席に換わりたいのですが。	我想換非吸煙區。
席を移ってもいいですか。	可以換座位嗎？

これはどこに置いたらいいでしょうか。	這個要放哪裡好呢？
バッグが入らないんですが。	皮包放不進去。
安全ベルトをお締めください。	請繫好安全帶。

■與鄰座聊天

中国の方ですか。	您是中國人嗎？
どこに住んでいますか。	您住哪裡？
東京です。	東京。
日本には何日間ぐらいいらっしゃるんですか。	您在日本停留幾天？
どちらまでいらっしゃるんですか。	您到哪兒去？
六日間滞在するつもりです。	預備停留六天。
席を倒してもいいですか。	我椅背要往後倒，可以嗎？
楽しいご旅行を。	祝旅途愉快！

實況會話二：點餐

空姐：ビーフとチキンのどちらになさいますか。

您要牛肉還是雞肉？

A：チキンにして下さい。

請給我雞肉。

空姐：お飲物は何になさいますか。

要什麼飲料？

A：白ワインを下さい。

給我白葡萄酒。

空姐：はい、どうぞ。

好的，請。

＊＊＊

空姐：コーヒーはいかがですか。

要不要咖啡？

A：いいえ、結構です。

不，不用了。

すみませんが、もう少しビールをもらえますか。

麻煩你，再給我一些啤酒。

空姐：はい、かしこまりました。

好的。

各種基本表現

到日本

住宿

飲食

逛街購物

觀光娛樂

電話、郵局

遇到麻煩

回國

通常飛往日本的國際線飛機在起飛不久後，即會提供免費的餐飲服務，菜單會事先放在前座的後椅背上。由於菜單是中、日文對照，記住日文主菜的説法，在空服員問您時，回答即可。看看日文的菜單是怎麼唸呢？

■叫飲料

<ruby>何<rt>なに</rt></ruby>をお<ruby>飲<rt>の</rt></ruby>みになりますか。	您喝點兒什麼？
コーヒーをください。	我要咖啡。
<ruby>何<rt>なに</rt></ruby>がありますか。	有什麼飲料？
コーラ、オレンジジュース、それにビールです。	有可樂、柳橙汁、還有啤酒。
アサヒビールをください。	請給我朝日啤酒。
<ruby>水<rt>みず</rt></ruby>をください。	給我一杯水。
<ruby>紅茶<rt>こうちゃ</rt></ruby>はいかがですか。	要不要紅茶。
ワインをもう<ruby>一杯<rt>いっぱい</rt></ruby>お<ruby>願<rt>ねが</rt></いします。	請再給我一杯葡萄酒。

おかわりをお願いします。	我要續杯。
ウイスキーをロック（水割り）でください。	請給我一杯加冰塊（水）的威士忌。
さげてもらえますか。	請幫我收拾一下。
ごちそうさまでした。	吃飽了，謝謝你。

實況會話三：在機內的其他會話

A：すみません。

麻煩你。

空姐：はい、何でしょう。

有什麼事嗎？

A：ちょっと寒いので、毛布を１枚いただけますか。

有點兒冷，可以給我一條毛毯嗎？

空姐：はい、すぐにお持ちいたします。

好的，馬上拿過來。

A：何か雑誌はありますか。

有什麼雜誌可以看嗎？

各種基本表現

到日本

住宿

飲食

逛街購物

觀光娛樂

電話、郵局

遇到麻煩

回國

空姐：はい、中国語と日本語、どちらがよろし
　　　いですか。

有的，中文跟日文的要哪一種？

Ａ：日本語のをください。

好的，請等一下。

空姐：かしこまりました。少々お待ち下さい。

日文的。

 旅遊豆知識

　飛機上的服務除了餐飲之外，還有電影、音樂欣賞。也有中日
文版的報紙、雜誌可供閱讀，只要交代空服人員，他就會馬上送
來。餐後更有香水、香煙、酒類等的免稅品出售，可以參考機上的
說明書選 所需的物品。又在飛機上交給您的「入境卡」請務必正
確填寫，如果有不了解的地方，可以向鄰座或空服人員詢問，別忘
了趁機練習日文喔。

■相關表現

日本の新聞はありませんか。	有日本報紙嗎？
入国カードを一枚ください。	請給我一張入境卡。
書き方を教えて下さい。	請告訴我怎樣填寫。
気分が悪いのですが、薬はありますか。	身體有些不舒服，有藥嗎？
寒い（暑い）のですが。	有些冷（熱）。

毛布をもう1枚下さい。	請再給我一條毛毯。
枕がほしいのですが。	我要枕頭。
映画がよく見えません。	看不到電影。
ヘッドホンの調子が悪いのですが。	耳機有些問題。
免税品を売っていますか。	有賣免税品嗎？

相關單字

機長	機長
離陸	起飛
パイロット	駕駛員
着陸	降落
スチュワーデス	空中小姐
不時着	緊急降落
座席番号	座位號碼
非常口	太平門
安全ベルト	安全帶
パスポート	護照
救命胴衣	救生衣
ビザ	簽證
飛行機酔い	暈機
機内食	機內餐飲

各種基本表現

到日本

住宿

飲食

逛街購物

觀光娛樂

電話、郵局

遇到麻煩

回國

2 在機場

實況會話一：入境手續

海關人員：パスポートを見せて下さい。

> 請讓我看一下護照。

A：はい、どうぞ。

> 好的，請。

海：来日の目的は何ですか。

> 您來日本的目的是什麼。

A：観光です。

> 觀光。

海：日本にはどのぐらい滞在する予定ですか。

> 你預備在日本停留多久？

A：1週間です。

> 一個星期。

海：どこに滞在する予定ですか。

> 預備住在哪裡？

Ａ：新宿プリンスホテルです。
しんじゅく

新宿王子飯店。

海：はい、結構です。
うみ　　　　　けっこう

好的。可以了。

旅遊豆知識

　　下了飛機，接下來就是辦理入境手續，程序是：資料審查、提
取行李及通關。資料審查，是文件的審核，包括護照、簽證及外國
人入境卡等，請準備好，到「外國人」窗口接受審查。一般審查員
是不會刁難旅客的。若海關人員問及有關旅行目的、停留時間、住
宿地方等問話時，由於都是簡單的日語，因此不必慌張，請利用下
列句子沈著地回答。

各種基本表現

到日本

住宿

飲食

逛街購物

觀光娛樂

電話、郵局

遇到麻煩

回國

■相關表現

パスポートを拝見します。	請讓我看一下護照。
入国カードはどこにありますか。	哪裡有入境卡？
パスポートの中に挟んであります。	夾在護照裡。
あなたは中国人ですか。	您是中國人嗎？
今回来られた目的は何ですか。	這次您來的目的是什麼？
ビジネスです。	商務。
留学です。	留學。
親族訪問です。	探親。
こちらへは初めてですか。	是第一次來這裡嗎？
もう何回も来ています。	已經來過好幾次了。
三度目です。	第三次。
ここに宿泊先の住所と電話番号をかいてください。	請在這裡填上住宿的地址和電話。

實況會話二：通關

海關人員：パスポートと申告書を見せて下さい。

請讓我看一下護照和申報單。

40

A：はい、どうぞ。

好的。請。

海：何か申告する物はありますか。

有什麼要申報的嗎？

A：いいえ、ありません。

沒有。

海：スーツケースを開けて下さい。

請打開行李箱。

A：はい。

好的。

海：これは何ですか。

這是什麼。

A：私の身の回り品です。

我的隨身衣物。

海：それでは結構です。

可以了。

＊＊＊

各種基本表現

到日本

住宿

飲食

逛街購物

觀光娛樂

電話、郵局

遇到麻煩

回國

海：酒類や、タバコはお持ちですか。

帶酒類、香煙了嗎？

Ａ：ウィスキーを４本持っていますが。

帶了四瓶威士忌。

海：免税をオーバーしていますよ。

超過免税限量了。

Ａ：どうしたらいいですか。

怎麼辦呢？

海：あちらでオーバー分の税金を払ってください。

超量部分在那裡交税就行了。

旅遊豆知識

領取行李後就是通關了，這時出示給海關人員的是行李、護照跟關稅申報單。通關部分在於行李的檢查，通常海關會問及的大都為帶了幾條煙、幾瓶酒或是有無攜帶蔬果、肉品之類的問題。所攜帶的物品是否在禁止的範圍內，請事先查清楚。所攜帶的煙、酒等若超過免税限制時，必須支付稅金。

免税的物品及其限量如下：

物品	限量
香煙	400根
雪茄	100支
煙草	500公克
酒	3瓶（每瓶760CC）
香水	2盎司
贈送品	20萬日圓以下

■相關表現

しんこく 申告するものはありますか。	有什麼要申報的嗎？
にもつ ぜんぶ あ 荷物を全部開けてください。	請打開所有的行李。
ぜんぶいるい みやげ 全部衣類とお土産です。	全都是衣服跟禮物。
ゆうじん おく もの 友人への贈り物です。	送朋友的禮物。
わん タバコが1カートンあります。	有一條煙。
じぶん つか もの このビデオは自分で使う物です。	這台錄音機是我自己要用的。
にもつ ほかに荷物はありますか。	還有其它的行李嗎？
ぜんぶ それで全部です。	全部就這些。
めんぜい これは免税です。	這是免税的。
ぜいきん はら 税金を払います。	繳交税金。
かぜいがく 課税額はいくらですか。	課税額要多少？

各種基本表現

到日本

住宿

飲食

逛街購物

觀光娛樂

電話、郵局

遇到麻煩

回國

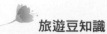

旅遊豆知識

如果行李遺失了，請帶行李領取證、護照和機票，向航空公司的失物招領處申報。再確實地告訴航空公司您住宿的飯店及電話，航空公司一找到遺失的行李，便會立即與您聯絡。

■行李不見時

ちゅうかこうくう びん にもつ 中華航空107便の荷物はどこですか。	中華航空107班次的行李在哪裡？
きず バッグが傷つきました。	我的皮包有刮痕了。
スーツケースがなくなりました。	行李箱不見了。
これがそのクレーム・タグです。	這是行李的行李領取證。
わたし にもつ で 私の荷物がまだ出てきません。	我的行李還沒出來。
どうすればいいでしょうか。	怎麼辦呢？
ふんしつぶつ とど だ 紛失物の届けを出したいのですが。	我想填寫遺失物申請書。
しきゅうさが くだ 至急探して下さい。	請儘快幫我找。
こうくうがいしゃ ひよう 航空会社にその費用を負担してもらえますか。	航空公司可以幫我負擔費用嗎？
わたし 私のホテルはここです。	這是我住的飯店。
おく ここに送って下さい。	請送到這裡來。

■過境轉機

私は乗り継ぎ客です。	我是過境旅客。
乗り継ぎ便のゲートはどこで すか。	轉機的登機門在哪裡？

* * *

■兌換日幣

両替所はどこですか。	兌換所在哪裡？
両替をしたいのですが。	我想換錢。
今日の日本円のレートはいくら ですか。	今天的匯率是多少？
これを日本円に替えてください。	請把這個換成日圓。
この紙幣を小銭に換えて下さい。	請把這張紙幣換成小鈔。
小銭も混ぜてください。	也加些小鈔。
計算が間違っています。	計算錯誤了。

各種基本表現

到日本

住宿

飲食

逛街購物

觀光娛樂

電話、郵局

遇到麻煩

回國

パスポートをどうぞ。	護照，請。
ここにサインをお願いします。	請在這裡簽名。
トラベラーズチェックは使えますか。	可以用旅行支票嗎？
キャッシングサービス機はどこですか。	現金自 支付機在哪裡？

相關單字

渡航証明書	簽證
荷物	行李
入国手続	入境手續
手荷物受取所	行李提領處
検疫所	檢疫所
クレームタグ	行李領取證
税関	税關
搭乗ゲート	登機門
申告書	申報單
到着ロビー	機場大廳
旅券	護照
カウンター	櫃台
香水	香水
トラベラーズチェック	旅行支票
免税品	免税商品

3 從機場到市內

實況會話一：坐電車

Ａ：東京都内行きの電車乗り場はどこですか。

> 往東京都內的電車站在哪裡？

詢問處：この空港の地下一階です。

> 機場的地下一樓。

* * *

Ａ：東京都内へ行きたいのですが、何線に乗れ
ばいいですか。

> 我想去東京都內，坐什麼線好呢？

服務員：JRに乗りますか、それとも新京成に乗
りますか。

> 乘坐ＪＲ線，還是乘坐新 成線呢？

Ａ：どちらでもいいです。

> 都可以。

各種基本表現

到日本

住宿

飲食

逛街購物

觀光娛樂

電話、郵局

遇到麻煩

回國

服：新京成線は、普通、特急、スカイライナー
　　の３種類があり、JRは快速、エクスプレス
　　の２種類があります。

新京成線有慢車、特快車、skyliner特快車三種。
JR線有快速車和express特別高速車兩種。

A：一番速くて、安いのはどれですか。

最快又便宜是哪一種？

服：それなら、スカイライナーですね。

那就skyliner特快車了。

旅遊豆知識

　　通關後如果有時間，可以到入境大廳的旅遊服務中心（Tourist
Information Center）索取市內地圖、交通路線圖及旅遊指南。接下
來就是到市區了，從機場到市區雖有一段距離，但各種交通工具應
有盡有，可搭電車、機場巴士、計程車，也可以先搭電車再轉地
鐵。

■在服務中心的表現

観光案内所はどこですか。	旅遊服務中心在哪裡？
市内地図と観光パンフレットをください。	請給我市內地圖跟觀光小冊子。
東京都内行きの電車乗り場はどこですか。	往東京都內的電車站在哪裡？
都内へ行くバスはありますか。	有往都內的巴士嗎？
バス乗り場はどこですか。	巴士車站在哪裡？
レンタカー会社のカウンターはどこですか。	租車公司櫃台在哪裡？
切符はどこで買えますか。	可以在哪裡買到車票？
タクシー乗り場はどこですか。	計程車招呼站在哪裡？
池袋駅のロイヤルホテルまでのタクシー代はいくらぐらいですか。	到池袋車站的royal大飯店要花多少計程車費？
ここでホテルの予約はできますか。	飯店可以在這裡預約嗎？

各種基本表現

到日本

住宿

飲食

逛街購物

觀光娛樂

電話、郵局

遇到麻煩

回國

■坐電車的相關表現

エクスプレスは空港までの特急電車です。	express是直通機場的特別高速車。
何番線の電車に乗ればいいですか。	坐第幾月台的電車好呢？
自動券売機での切符の買い方を教えてください。	請教我在自 售票機買車票的方法。
恵比寿駅までの乗り方を教えてください。	請教我怎麼坐到惠比壽車站。
どこで乗り換えるんですか。	在哪裡換車？
どこで降りるんですか。	在哪裡下車？

實況會話二：坐巴士

A：すみません。新宿へ行きたいんですが。

麻煩你，我想到新宿。

服務員：リムジンバスに乗るなら1番乗り場です。

如果要乘坐機場專用巴士的話，請在一號車站。

A：新宿まで何分かかりますか。

到新宿要幾分鐘？

服：３０分ぐらいです。

大約30分鐘左右。

***

Ａ：このバスは新宿西口へ行きますか。

這輛巴士到新宿西口嗎？

服：はい、行きますよ。

有到。

Ａ：じゃ、大人二人。

那麼，大人票二張。

服：２４００円です。

2400日圓。

■相關表現

| 池袋駅前で降りたいんです が。 | 我想在池袋車站前下車。 |
| バスは何分ごとに発車しますか。 | 巴士每隔幾分發車呢？ |

各種基本表現

到日本

住宿

飲食

逛街購物

觀光娛樂

電話、郵局

遇到麻煩

回國

○○ホテルへ行きたいのですが、どの バスに乗ればいいですか。	我想去○○飯店，坐什麼巴士好呢？
都内に行くバスはどれですか。	到都內的巴士是哪一輛？
出発時間は何時ですか。	幾點出發？

實況會話三：坐計程車

A：後ろを開けていただけますか。大きい荷物を入れたいので。

請打開後車箱，我想放大的行李。

司機：はい、手伝いましょうか。

好的，讓我來幫您的忙。

A：お願いします。

麻煩你了。

司機：どちらまでですか。

請問到哪裡？

A：新宿の京王プラザホテルまでお願いします。

請到新宿的京王plaza大飯店。

司機：かしこまりました。

> 好的。

＊＊＊

司機：到着いたしました。

> 到了。

Ａ：いくらですか。

> 多少錢？

司機：６０００円です。

> 6000日圓。

Ａ：はい、ありがとうございました。

> 好的，謝謝你。

各種基本表現

到日本

住宿

飲食

逛街購物

觀光娛樂

電話、郵局

遇到麻煩

回國

■相關表現

荷物は3個です。	行李三個。
荷物をトランクに入れてください。	請把行李放到車箱內。
○○ホテルへ行ってください。	請到○○飯店。
（給對方看住址）ここへ行ってください。	請到這裡。
東京都内までどのぐらい時間がかかりますか。	到東京都內要花多少時間?
ここでいいです。	這裡就可以了。
急いでくれませんか。	可以開快點嗎?
近道はありますか。	有近路嗎?

相關單字

案内所	詢問處
車内放送	車內廣播
乗り換える	換車
駅員	站務員
駐車場	停車場
カート	推車
改札口	剪票口
旅行者	旅行者
タクシー乗り場	計程車招呼站
リムジンバス	機場專用巴士

機場與市區的交通

東京有兩座機場，一座是成田國際機場（新東京國際機場）。另一座是羽田國內機場（舊東京國際機場）。

●成田機場←→東京市區

從成田機場到東京市區有以下幾種交通工具。

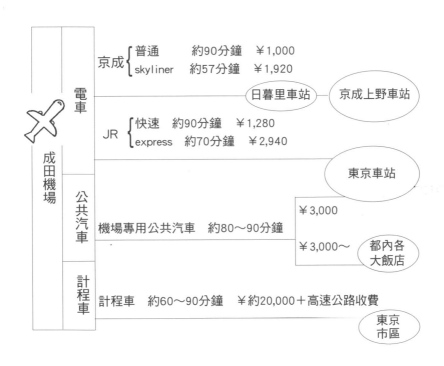

各種基本表現

到日本

住宿

飲食

逛街購物

觀光娛樂

電話、郵局

遇到麻煩

回國

1.電車：

在機場入境大廳出口處及地下一樓皆有售票處，JR線及京成線都在地下一樓搭乘。

A.京成線（けいせいせん）

乘坐京成上野線（skyliner）可在一個小時內到達 成上野站，途中還經過日暮里站。到京成上野站之後，可以轉乘日本國鐵（JR）至東京市區各地。

B.日本國鐵（JR）

從成田機場乘坐JR成田特快（JR Narita Express)可以前往東京、新宿、池袋和橫濱。票價分普通車廂、頭等車廂及頭等包廂，最便宜的是普通車廂2940日圓。

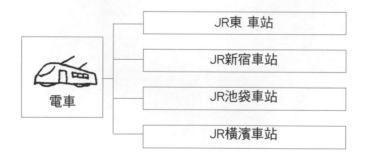

2.機場專用公共汽車（Airport Limousine）

　　機場專用公共汽車除了可以到東京市區各大車站，其主要特色是可以直接到達東京市區各大飯店，所以路線與班次都很多。只要清楚地告訴售票員您所要前往的地方及飯店名稱，售票員就會告訴您搭乘哪一線巴士了。

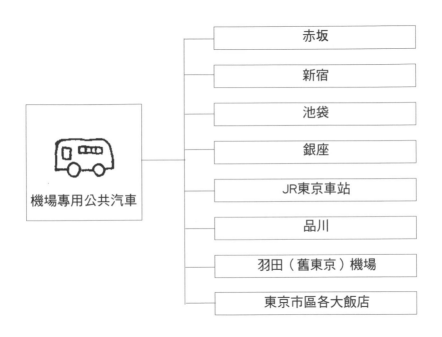

機場專用公共汽車

- 赤坂
- 新宿
- 池袋
- 銀座
- JR東京車站
- 品川
- 羽田（舊東京）機場
- 東京市區各大飯店

3.計程車

　　從成田機場搭計程車到東京車站，大約需要60～90分鐘，約20,000日圓（另外高速公路的收費）。由於車資極為昂貴，除非有突發事情發生，否則盡可能利用其它交通工具。順帶一提的是計程車幾乎都可以使用信用卡付款的。

筆記欄。

第三篇　住宿

1 飯店的預約

實況會話一：在觀光詢問處電話預約

服務員：ヒルトンホテルでございます。
<ruby>服務員<rt>ふくむいん</rt></ruby>

> 希爾頓飯店您好。

Ａ：もしもし、<ruby>明日<rt>あした</rt></ruby>から<ruby>予約<rt>よやく</rt></ruby>したいのですが。

> 喂，我想預約房間，從明天開始，一個星期。

服：<ruby>少々<rt>しょうしょう</rt></ruby>お待ちくださいませ。…はい、<ruby>空<rt>あ</rt></ruby>いて
おります。

> 請等一下。……，好的，有空房。

Ａ：ダブルの<ruby>部屋<rt>へや</rt></ruby>で<ruby>一泊<rt>いっぱく</rt></ruby>いくらですか。

> 雙人房一個晚上要多少錢？

服：<ruby>30000円<rt>さんまん えん</rt></ruby>でございます。

> 3萬日圓。

Ａ：じゃあ、それでお<ruby>願<rt>ねが</rt></ruby>いします。

> 請幫我訂下來。

服：では、お客様のお名前をお願いします。

好的，請問您的大名。

A：小林です。

我叫小林。

 旅遊豆知識

　　到日本旅行，最好是事先訂妥旅館，如果在國內沒有事先預訂的話，那麼可以洽詢機場內或各大主要車站的旅遊服務中心。如果坐的是晚班飛機，到機場時旅遊服務中心已關閉了，那麼直接到飯店或是事先電話預約都可以。屆時，要多大房間，多少價錢請明確地表達。

■在旅遊服務中心

ホテルガイドはありますか。	有飯店指南嗎？
今晩泊まるホテルを予約したいのですが。	我想預約今天晚上的飯店。
あまり高くないホテルがいいのですが。	不要太貴的飯店。
駅に近いホテルを紹介してください。	請幫我介紹靠近車站的飯店。
一泊1万円以下のホテルはありますか。	有一個晚上一萬塊日圓以下的飯店嗎？

各種基本表現

到日本

住宿

飲食

逛街購物

觀光娛樂

電話、郵局

遇到麻煩

回國

■電話預約的相關表現

予約をお願いします。	我想預約。
シングルの部屋はいくらですか。	單人房多少錢？
税金．サービス料込みの値段ですか。	含稅金、服務費的價錢嗎？
朝食は料金に含まれていますか。	費用裡有含早餐嗎？
連泊すると割引になりますか。	續住有折扣嗎？
そのホテルはどこにありますか。	那家飯店在哪裡？
ほかのホテルを教えてください。	請您告訴我其它的飯店。
もっと安い部屋はありませんか。	有更便宜的房間嗎？

實況會話二：未預約直接到飯店櫃台

A：すみません。予約していないんですけど、一泊したいのですが。

對不起。我想住一個晚上，但是沒有預約。

服：シングルは満室なので、ツインでよろしい
　　ですか。

單人房已經客滿了，雙人房可以嗎？

Ａ：結構です。

可以的。

服：それでは、この用紙にお名前とご住所をお
　　願いします。

那麼，請在這張表格上填寫您的姓名及住址。

各種基本表現

到日本

住宿

飲食

逛街購物

觀光娛樂

電話、郵局

遇到麻煩

回國

■相關表現

今晩、空いてる部屋はありますか。	今晚有空房嗎？
あいにく満室です。	很抱歉客滿了。
一番安い部屋は、一泊いくらですか。	最便宜的房間，一個晚上多少錢？
風呂付き／なしですか。	附衛浴／沒附衛浴嗎？
料金は前払いですか。	預先付費嗎？
料金はいつ支払いますか。	費用什麼時候支付？
静かな部屋にしてください。	請給我安靜的房間。
部屋を見せてもらえませんか。	可以讓我看一下房間嗎？
チェックアウトはいつですか。	什麼時候退房？

實況會話三：已預約好時

A：チェックインしたいのですが。

> 我想登記住宿。

服：お名前をお願いします。

> 您貴姓大名。

A：李慶忠です。

> 我叫李慶忠。

服：はい、李様ですね。ダブルで今日から一週間ですね。

> 好的，李先生。從今天開始一個星期，雙人房是吧。

Ａ：はい。

> 是的。

服：パスポートを拝見させてください。

> 請讓我看一下護照。

Ａ：はい、どうぞ。

> 好的，請。

服：では、この用紙にお名前等ご記入ください。

> 那麼，請在這張表格上填寫姓名等。

 旅遊豆知識

　　若已有事先預約好，那麼到飯店的第一個動作就是辦理住宿手續Check in（チェックイン）。Check in的時候，先將護照交給櫃台，讓旅館人員核對，然後服務人員會拿出「住宿登記卡」讓您填寫個人資料。要確認您所定的房間種類、價錢及住宿日數。也要謹記退房時間，否則便可能要多付半天或一天房租了。

各種基本表現
到日本
住宿
飲食
逛街購物
觀光娛樂
電話、郵局
遇到麻煩
回國

■相關表現

電話で予約したものですが。	我已有電話預約了。
恐れ入りますが、パスポートを拝見させて下さい。	很抱歉，請讓我看一下您的護照。
すみませんが、ご予約にお客様のお名前はありません。	很對不起，沒有您預約的名字。
確かに予約したはずです。	我確實已預約了。
荷物を運んでください。	請幫我搬行李。
貴重品を預かってください。	請幫我保管貴重物品。

實況會話四：支付方法

服：お支払いはどうなさいますか。

您要如何付費呢？

A：カードでお願いします。

用信用卡。

服：かしこまりました。では、カードを拝借いたします。

好的，請借一下您的信用卡。

A：はい、どうぞ。

好的，請。

服：どうもありがとうございました。お部屋は
　　３０８号室になります。

非常謝謝您。您的房間號碼是３０８室。

實況會話五：服務生帶路

服：こちらへどうぞ。

請往這裡走。

こちらが３０８号室です。

這裡是３０８室。

お荷物はこちらに置いてよろしいですか。

行李就放這裡可以嗎？

Ａ：はい、どうもありがとう。あっ、一つお願
　　いしたいのですが。

可以，謝謝。啊，有件事想麻煩你。

服：はい、何でしょうか。

什麼事呢？

Ａ：明日、朝７時に起こしてくれませんか。

明天早上七點請叫我起床。

各種基本表現

到日本

住宿

飲食

逛街購物

觀光娛樂

電話、郵局

遇到麻煩

回國

服：お部屋には目覚まし時計が付いておりますが。

房間裡裝有鬧鐘。

A：そうですか。時間を合わせばいいんですね。

是嗎。只要調一下時間就可以了吧！

服：はい、そうです。他に何かご用がございましたら、フロントにお電話してください。

是的。如果有什麼事的話，請打電話到櫃檯來。

相關單字

フロント	櫃檯
サービス料	服務費
ロビー	大廳
貴重品	貴重物品
シングルルーム	單人房
ベルボーイ	飯店服務員
ツインルーム	雙人房
チェックイン	住宿登記
スイートルーム	總統套房
受付	櫃台
ドミトリー	宿舍
前払い	預付
部屋代	住宿費用
サイン	簽名

2 飯店服務的利用

實況會話一：客房服務

Ａ：３０８号室ですが、ルームサービスをお願
　　いします。

> 我是３０８號房，我要客房服務。

服：ご注文は何ですか。

> 您要點什麼？

Ａ：ハムサンドイッチと紅茶を二人前お願いし
　　ます。

> 我要二人份的火腿三明治跟紅茶。

服：はい、承知致しました。

> 好的。

實況會話二：留言服務

Ａ：３０８号室の李ですが、私宛のメッセージ
　　はありますか。

> 我姓李，是３０８號房的房客，有沒有我的留言？

各種基本表現
到日本
住宿
飲食
逛街購物
觀光娛樂
電話、郵局
遇到麻煩
回國

服：一件ございます。

> 有一個。

A：郵便物はありませんか。

> 有沒有信？

服：今のところはございません。

> 目前沒有。

旅遊豆知識

　一般的飯店為了讓顧客住得舒適、用得滿意，常有提供貴重物品寄放、定時起床、客房洗衣、美髮沙龍……等多項服務。有效地利用飯店的各項服務，將讓您的旅遊更添色彩、更為豐富。有關飯店的設備及服務項目，大都詳記在飯店簡介中，若有任何需要，可以打內線到櫃檯或服務部門洽詢。

實況會話三：定時起床服務

A：モーニングコールをお願いしたいのですが。

> 麻煩你早上叫醒我。

服：何時でしょうか。

> 幾點？

Ａ：明日の朝６時にお願いします。

明天早上六點。

服：お部屋の番号とお名前は。

請問您的大名和房間號嗎？

Ａ：３０８号室の李です。

我姓李，３０８號房。

實況會話四：洗衣服務

Ａ：洗濯物を出したいのですが。

我想送洗衣服。

服：分かりました。では、洗濯物を袋に入れて、用紙に記入しておいてください。

好的。請把換洗衣物放到袋子裡，再把表格填寫好。

Ａ：何時ごろ仕上がりますか。

什麼時候洗好？

服：明日の午後になります。

明天下午。

各種基本表現

到日本

住宿

飲食

逛街購物

觀光娛樂

電話、郵局

遇到麻煩

回國

A：<ruby>分<rt>わ</rt></ruby>かりました。どうもお<ruby>世話様<rt>せわさま</rt></ruby>でした。

知道了，麻煩你了。

旅遊豆知識

在飯店裡要求洗衣服務時，請把衣服放在客房裡備有的送洗衣袋裡，並在送洗單上填妥您的房間號碼及姓名，交代服務員一聲或放在房裡即可。通常送洗須花兩天的時間，如果時間緊急也可要求當天洗好，但是要加收費用。又，星期六、日大都休息，請注意。

■客房服務的相關表現

この<ruby>目覚<rt>めざ</rt></ruby>まし<ruby>時計<rt>どけい</rt></ruby>の<ruby>使<rt>つか</rt></ruby>い<ruby>方<rt>かた</rt></ruby>を<ruby>教<rt>おし</rt></ruby>えてください。	請告訴我這個鬧鐘怎麼使用。
トイレの<ruby>電気<rt>でんき</rt></ruby>がつきません。	廁所的電燈不亮。
ハンガーが<ruby>足<rt>た</rt></ruby>りません。	衣架不夠。
<ruby>私<rt>わたし</rt></ruby>の<ruby>部屋<rt>へや</rt></ruby>にコップが一つもありません。	房間裡一個杯子也沒有。
<ruby>部屋<rt>へや</rt></ruby>の<ruby>窓<rt>まど</rt></ruby>が<ruby>開<rt>あ</rt></ruby>きません。	房間裡的窗戶打不開。
テレビの<ruby>使<rt>つか</rt></ruby>い<ruby>方<rt>かた</rt></ruby>を<ruby>教<rt>おし</rt></ruby>えてください。	請告訴我電視的使用方法。
<ruby>部屋<rt>へや</rt></ruby>を<ruby>替<rt>か</rt></ruby>えてもらえませんか。	請幫我換房間。
<ruby>隣<rt>となり</rt></ruby>の<ruby>部屋<rt>へや</rt></ruby>がうるさくて<ruby>眠<rt>ねむ</rt></ruby>れません。	隔壁的房間吵得我沒有辦法睡覺。

■從飯店打電話

台湾へ国際電話をかけたいのですが。	我想打國際電話到台灣。
コレクトコールでお願いします。	對方付費的。
指名話にしてください。	我要打叫人電話。
相手の番号は、０２－２２３４－５６７８です。	對方的電話號碼是02-2234-5678。

■有人敲門時

どなたですか。	誰呀！
ちょっと待ってください。	請等一下。
お入りください。	請進。

各種基本表現

到日本

住宿

飲食

逛街購物

觀光娛樂

電話、郵局

遇到麻煩

回國

相關單字

氏 (こおり)	冰
グラス	玻璃杯
コーヒー	咖啡
枕 (まくら)	枕頭
オレンジジュース	橘子汁
歯磨き粉 (はみがきこ)	牙粉
ポット	熱水壺
ドライヤー	吹風機
栓抜き (せんぬき)	開罐器
ワイシャツ	襯衫
灰皿 (はいざら)	煙灰缸
ズボン	褲子
シャンプー	洗髮精
スーツ	套裝
タオル	毛巾
セーター	毛衣

實況會話五：美容院的服務

美容師(びようし)：いらっしゃいませ。

我姓李已預約了。

A：予約(よやく)した 李(すもも)です。

歡迎光臨。

美：では、こちらへどうぞ。

請到這裡來。

Ａ：はい。

好的。

美：担当_{たんとう}のご指名_{しめい}はありますか。

您要指定誰嗎？

Ａ：どなたでも結構_{けっこう}です。

誰都可以。

美：かしこまりました。

好的。

＊＊＊

美：今日_{きょう}はどうなさいますか。

今天要怎麼整理？

Ａ：パーマ_{ぱ ま}をお願_{ねが}いします。

我要燙頭髮。

美：どのようにしましょうか。

燙什麼髮型？

各種基本表現

到日本

住宿

飲食

逛街購物

觀光娛樂

電話、郵局

遇到麻煩

回國

A：この写真のようにしてください。

跟這張照片一樣。

美：かしこまりました。

好的。

 旅遊豆知識

如果飯店裡有理容沙龍，而您又想讓自己更亮麗、瀟灑一點的話，那麼透過櫃台就可以預約了（當然外面的美容院也可以請飯店幫您預約）。屆時，最好事先傳達好燙髮、剪髮等希望服務的項目。一到美容院拿照片給美髮師看，請他照著做，是最簡單的方式。理髮店一般是沒有預約制的，請直接上門。

■相關表現

美容院の予約をお願いします。	我要美容院的預約。
今日の午後３時で予約したいのですが。	我要預約今天下午３點。
シャンプーとセットをお願いします。	請洗一洗再做髮型。

おまかせします。	請您作主。
髪_{かみ}を軽_{かる}い色_{いろ}にしたいんです。	我想染顏色亮一些的頭髮。
マニキュアもお願_{ねが}いします。	也請幫我修指甲。
おいくらですか。	多少錢？

實況會話六：理髮店

理髮師_{りはつし}：お待_またせいたしました。どうなさいますか。

> 讓您久等了。今天怎麼整理呢？

Ａ：カット_{かっと}をお願_{ねが}いします。

> 我要剪頭髮。

理：どのようにカットしましょうか。

> 您要怎麼剪？

Ａ：３センチぐらいカットしてください。

> 幫我剪三公分左右。

各種基本表現
到日本
住宿
飲食
逛街購物
觀光娛樂
電話、郵局
遇到麻煩
回國

■相關表現

この髪型にしてください。	我要像這樣的髮型。
カットとひげ剃りをお願いします。	我要剪髮跟刮鬍子。
軽くパーマをかけてください。	幫我燙髮不要太捲的。
後ろを刈り上げにしてください。	後面往上剪。
もっと短くしてください。	再剪短一點。

相關單字

パーマ	燙髮
刈る	剪髮
ブロー	吹風做型
スタイル	髮型
マニキュア	修指甲
後ろ	後面
セット	做髮型
横	橫邊
染める	染髮
耳掃除	清耳朵
前髪	剪瀏海
ひげ剃り	刮鬍子
指名	指名
センチ	公分

3 在飯店遇到麻煩

實況會話：暖氣壞了

A：もしもし、暖房が利かないんですけど。

喂！喂！暖氣壞了。

服：スイッチはちゃんと入っていますか。

有開開關嗎？

A：ええ、入ってます。

有。

服：お部屋は何号室ですか。

您房間號碼是幾號？

A：308号室ですが。

308號。

服：分かりました。すぐ参ります。

我知道了。馬上派人過去。

A：お願いします。

拜託了。

各種基本表現
到日本
住宿
飲食
逛街購物
觀光娛樂
電話、郵局
遇到麻煩
回國

旅遊豆知識

　　從客房裡的各種問題到受傷、生病、事故等，如果有任何無法解決的問題，請不要遲疑，儘快跟櫃台或服務人員聯絡，他們必定會為您尋求因應之道的。

■相關表現

部屋を換えてほしいのですが。	我想換房間。
お湯が止まりません。	熱水關不起來。
ドアが閉まりません。／開きません。	門關不起來／打不開。
鍵が掛かりません。	門鎖鎖不上。

鍵を部屋に忘れてしまいました。	鑰匙忘了，放在房裡。
部屋の〜が故障しています。	房間裡的〜故障了。
シャワーの使い方が分からないのですが。	我不知道怎麼使用淋浴。
トイレが詰まって流れません。	廁所不通。
ベッドメイクがまだです。	床舖還沒有整理。
廊下に変な人がいます。	走廊有一個奇怪的人。
ちょっと見に来てください。	請來看一下。
速く直してください。	請快點修好。

各種基本表現

到日本

住宿

飲食

逛街購物

觀光娛樂

電話、郵局

遇到麻煩

回國

4 退房

實況會話：退房

A：３０８号室(ごうしつ)の李(すもも)です。チェックアウトをお
願(ねが)いします。

> 我姓李，３０８號房。我要退房。

服：こちらが精算書(せいさんしょ)です。全部(ぜんぶ)で１５万(まん)３千円(ぜんえん)
になります。

> 這是帳單，總共15萬3千日圓。

A：えっ、朝食(ちょうしょく)は一回(いっかい)しかとってませんが。
違(ちが)ってますよ。

> 耶！早餐只吃了一次，不對吧！

服：調(しら)べてみましょう。

> 我查查看。

A：お願(ねが)いします。

> 拜託了。

各種基本表現

到日本

住宿

飲食

逛街購物

觀光娛樂

電話、郵局

遇到麻煩

回國

服：申し訳ございません。こちらのミスでした。

很抱歉，是我們作業有誤。

Ａ：これが正しいのですね。

這是正確的了。

服：はい。

是的。

Ａ：支払いはクレジットカードでもかまいませんか。

可以用信用卡付款嗎？

服：はい、結構です。

可以的。

旅遊豆知識

　　一般的飯店退房大都最晚到中午12點。如果第二天早上要出發回國的話，為避免早上的退房尖鋒時間，可以在前一天晚上辦理退房手續。請結帳時要核對後再付錢。退房後，如果還有時間，可以把行李寄放在櫃台（觀光飯店，通常寄上10天以內都是免費）再於附近散散步。

■相關表現

チェックアウトします。	退房。
精算（せいさん）をお願（ねが）いします。	請幫我結帳。
精算書（せいさんしょ）が間違（まちが）っています。	帳單有誤。
有料（ゆうりょう）テレビは使（つか）っていません。	我沒有使用有料電視。
ミニバーからビールを2本（ほん）飲（の）みました。	在迷你吧台喝了兩瓶啤酒。
冷蔵庫（れいぞうこ）の飲（の）み物（もの）は飲（の）んでいません。	沒有喝冰箱裡的飲料。
現金（げんきん）で支払（しはら）います。	現金支付。
荷物（にもつ）を運（はこ）んでくれませんか。	可以幫我搬行李嗎？
タクシーを呼（よ）んでください。	幫我叫計程車。
この荷物（にもつ）を預（あず）かってください。	幫我保管這件行李。
冷蔵庫（れいぞうこ）の飲（の）み物（もの）は飲（の）まれましたか。	您喝了冰箱裡的飲料了嗎？
もう一泊（いっぱく）したいのですが、いいですか。	我想再住一晚，可以嗎？

相關單字

トイレ	廁所
飲食代 （いんしょくだい）	飲料費
蛇口 （じゃぐち）	水龍頭
市内電話 （しないでんわ）	市內電話
エアコン	空調
長距離電話 （ちょうきょりでんわ）	長途電話
冷房 （れいぼう）	冷氣
国際電話 （こくさいでんわ）	國際電話
暖房 （だんぼう）	暖氣
金額 （きんがく）	金額
鍵 （かぎ）	鑰匙
合計 （ごうけい）	合計
部屋代 （へやだい）	住宿費
税金 （ぜいきん）	稅金
サービス料 （りょう）	服務費
領収書 （りょうしゅうしょ）	收據

各種基本表現
到日本
住宿
飲食
逛街購物
觀光娛樂
電話、郵局
遇到麻煩
回國

第四篇　飲食

1 在日本料理店的預約

實況會話：電話預約

Ａ：もしもし。予約(よやく)をお願(ねが)いしたいのですが。

> 喂！喂！我想預約。

店員(てんいん)：はい、何日(なんにち)でしょうか。

> 好的，幾號？

Ａ：明日(あした)の夜(よる)7時(じ)です。

> 明天晚上七點。

店(みせ)：何名様(なんめいさま)ですか。

> 幾位？

Ａ：2名(めい)です。

> 二人。

店(みせ)：お名前(なまえ)とお電話番号(でんわばんごう)をどうぞ。

> 您的大名及電話號碼？

A：李慶忠です。電話番号は、○○です。
りけいちゆう　　　　でんわばんごう

我叫李慶忠，電話號碼是00。

店：テーブルとお座敷どちらがよろしいです
みせ　　　　　　　ざしき
か。

桌子跟舖蓆子的，要哪一種？

A：座敷でお願いします。
ざしき　　ねが

我要舖蓆子的。

店：かしこまりました。では、お待ちしており
みせ　　　　　　　　　　　　　ま
ます。

好的。等您大駕光臨。

 旅遊豆知識

　　「吃」在旅遊中是佔著相當重要部份的。透過旅遊服務中心、飯店以及旅行雜誌往往可以找到極好的餐廳。餐廳的預約或是請飯店代理，或是自行打電話。請飯店代訂時，事先把姓名、人數、時間寫在紙上，再遞給服務人員則更恰當。預約好了以後，服裝、大概的價錢、去的方法等，別忘了也請問一下。

■相關表現

コース料理を予約したいのですが。	我要預約套餐。
3名予約したいのですが。	我要預約，共三人。
コースはおいくらですか。	套餐要多少錢？
コースの内容は何ですか。	套餐有什麼菜？
予算は一人2000円までです。	一個人最多2000日圓的預算。
15分ほど遅れますが、予約を取り消さないでください。	我們大約遲到15分鐘，請不要取消預約。
今夜の予約を取り消したいのですが。	我要取消今晚的預約。
～です。～ホテルの～号室、ホテルの電話番号は、○○です。	我叫～。～飯店～號房，飯店號碼是00。

各種基本表現

到日本

住宿

飲食

逛街購物

觀光娛樂

電話、郵局

遇到麻煩

回國

2 進入店裏

實況會話一：已有預約

店：いらっしゃいませ。

歡迎光臨。

A：予約した李ですが。

我姓李，已有預約。

店：李様ですね。

李先生是吧！

A：座敷をお願いしたと思いますが。

我預定了舖蓆子的。

店：はい、ご用意しております。どうぞこちら
へ。

是的，我們已準備好了。這邊請。

A：靴はここで脱ぐんですか。

在這裡脫鞋子嗎？

店：はい、こちらの靴箱にお入れください。

是的，請放到這裡的鞋箱。

Ａ：はい、分かりました。

好的。

實況會話二：未預約

店：いらっしゃいませ。何名様ですか。

歡迎光臨，有幾位？

Ａ：３名です。予約していませんが、席はありますか。

三位。沒有預約，有位子嗎？

店：あいにく只今満席ですが。

很抱歉，現在已經客滿了。

Ａ：どのぐらい待たなければいけませんか。

大約得等多久？

店：３０分ぐらいだと思います。

大約30分鐘左右吧！

A：分かりました、待ちます。

好的，我們等。

 旅遊豆知識

　　如果未事先預約又沒有空位時，或是另找別家，或是等一下。
這時服務生會問您的大名，先事登記後，再排隊等候，利用等待時
間服務生有時會遞上菜單，這時由於時間充裕，您可以好好地挑選
一下。

■在入口

予約したものですが。	已預約了。
予約はしていないのですが。	沒有預約。
またにします。	下次再來。
一名増えたんですが、いいですか。	增加一位，可以嗎？
一人来られなくなりました。	有一位不能來。
窓際の席をお願いします。	我要窗邊的座位。
あちらの席に替えたいのですが。	我想換那邊的位子。
帰りのタクシーを呼んでいただけますか。	幫我叫回家的計程車。

各種基本表現

到日本

住宿

飲食

逛街購物

觀光娛樂

電話、郵局

遇到麻煩

回國

3 叫菜

實況會話：叫菜

店：ご注文はよろしいですか。

> 可以點菜了嗎？

Ａ：はい、お願いします。

> 可以。

店：先にお飲物からお伺いします。

> 先從飲料開始吧！

Ａ：生ビール３本ください。

> 給我三瓶生啤酒。

店：はい、ではお料理は。

> 好的，那麼料理呢？

Ａ：刺身と天ぷらと焼き魚をお願いします。

> 給我生魚片、炸蝦魚跟烤魚。

店：はい、かしこまりました。

好的。

旅遊豆知識

　進入餐廳後，讓服務生為您領到客席。點菜時，可以先點飲料，再慢慢研究菜單，若不知該怎麼點，把自己喜歡的菜及預算等告訴服務員，請他們為您服務。這裡也是練習日文的好場所喔。

■說說看……叫菜

メニューを見せてください。	請給我菜單。
注文お願いします。	我要叫菜。
もう少し待ってください。	請稍等一下。
この料理は何ですか。	這道菜是什麼？
この料理は何人前ですか。	這道菜是幾人份的？
何がお勧めですか。	有推薦的嗎？
あれと同じものをください。	給我跟那個一樣的菜。
これとこれをください。	給我這個跟這個。
この地方の名物料理は何ですか。	這裡的名菜是什麼？
1人2000円以下の予算でお願いしたいのですが。	給我一個人2000日圓以下的預算的。

各種基本表現
到日本
住宿
飲食
逛街購物
觀光娛樂
電話、郵局
遇到麻煩
回國

4 用餐中

實況會話：用餐中

A：じゃあ、とりあえず乾杯_{かんぱい}しましょう。

那麼就先乾一杯了。

B：乾杯_{かんぱい}。お疲_{つか}れさまでした。

乾杯。辛苦了。

A：今日_{きょう}は暑_{あつ}かったから、ビールがおいしいですね。

今天太熱了，啤酒才這麼好喝。

B：あっ、この天_{てん}ぷらすごく美味_{おい}しいですよ。

啊！這道炸蝦魚真是好吃。

A：本当_{ほんとう}。もう一皿追加_{ひとさらついか}しましょうか。

真的。再叫一盤吧！

B：そうしましょう。

好啊！

A：すみません。

麻煩！

店：何^{なに}でしょう。

是！

A：天^{てん}ぷら一皿追加^{ひとさらついか}お願^{ねが}いします。

再幫我追加一盤炸蝦魚。

店：はい、かしこまりました。他^{ほか}にはよろしい
　　ですか。

好的，其它的呢？

A：いいです。

不用了。

 旅遊豆知識

　旅遊時，美食當前想必是胃口大開吧！在愉快的氣氛中，別忘
了守餐廳禮節。如追加點菜、筷子掉了等等，請勿高聲喊叫，舉起
手來，服務人員就會為您服務了。如果送錯食物或所點的食物遲遲
不來等等，先確認好後，再要求改善。

各種基本表現
到日本
住宿
飲食
逛街購物
觀光娛樂
電話、郵局
遇到麻煩
回國

これはどう食べるのですか。	這怎麼個吃法呢？
注文したものがまだ来ていません。	叫的菜還沒來。
これは注文していません。	沒有叫這道菜。
追加注文をお願いします。	我要追加叫菜。
注文をキャンセルできますか。	叫的菜可以取消嗎？
デザートを注文したいのですが。	我要叫點心。
お茶をもらえますか。	請給我茶。
これを下げてもらえますか。	這個幫我收拾一下。
とても美味しい料理ですね。	料理真是好吃。
もうお腹いっぱいです。	吃得好飽。
これを持ち帰ってもいいですか。	這個可以帶回家嗎？
持ち帰り用の袋をください。	請給我裝的袋子。

5 付錢

實況會話：付錢

A：お勘定お願いします。

> 幫我結帳。

店：はい、４５００円になります。

> 好的。共4500日圓。

A：５０００円でお願いします。

> 給你5000日圓。

店：５０００円お預かりします。５００円のお返しです。

> 收您5000日圓，找您500日圓。

A：レシートもらえますか。

> 可以給我收據嗎？

店：はい、どうぞ。ありがとうございました。

> 好的，謝謝光臨。

各種基本表現
到日本
住宿
飲食
逛街購物
觀光娛樂
電話、郵局
遇到麻煩
回國

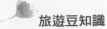 **旅遊豆知識**

用完餐後，請服務生為您拿來帳單。有些餐廳是由服務生收錢；有些則在收銀台（レジ）付帳。收過帳單請仔細看過，若已含服務費，原則上是不需再給小費的。

■相關表現

おあいそお願^{ねが}いします。	幫我算帳。
レジ^{れじ}はどこですか。	出納處在哪裡？
別々^{べつべつ}に払^{はら}いたいのですが。	各付各的。
私^{わたし}がご馳走^{ちそう}します。	我請客。
サービス料^{りょう}は含^{ふく}まれていますか。	包括服務費嗎？
カードで払^{はら}ってもいいですか。	可以用信用卡支付嗎？
現金^{げんきん}で支払^{しはら}います。	付現金。
どこにサインしたらいいですか。	在哪裡簽名呢？
どうもごちそうさまでした。	真是好吃！

相關單字

焼き鳥	烤雞肉串
バー	酒吧
刺身	生魚片
屋台	路邊攤
おにぎり	御飯糰
喫茶店	咖啡廳
コロッケ	炸肉餅
居酒屋	小酒館
かつ丼	炸肉排蓋飯
寿司屋	壽司店
しゃぶしゃぶ	涮涮鍋
そば屋	蕎麥麵條店
親子丼	母子蓋飯
小料理屋	小料理店
すき焼き	素燒鍋
懐石料理	日式精美菜肴

各種基本表現

到日本

住宿

飲食

逛街購物

觀光娛樂

電話、郵局

遇到麻煩

回國

6 在餐廳

實況會話

服務生：いらっしゃいませ。何名様ですか。

> 歡迎光臨。幾位？

A：2名です。

> 二名。

服：では、こちらへどうぞ。

> 這邊請。

A：はい。

> 好的。

服：ご注文は何になさいますか。

> 兩位要點什麼？

A：カレーライスとスパゲティください。

> 咖哩飯跟義大利通心麵。

服：かしこまりました。では、少々お待ちくだ
さい。

> 好的。請等一下。

旅遊豆知識

　　日本的西餐廳四處林立，從豪華到一般消費應有盡有。但如果
想吃得輕鬆些時，請到自助餐館或速食餐廳。吃到飽的自助餐廳更
可以讓您大快朵頤。如果思念家鄉口味「中華料理店」也不乏道地
美味。在此不僅不必擔心小費，也可以品嚐到街道的氣氛。

■相關表現

禁煙席／喫煙席をお願いします。	我要禁煙席／抽煙席。
お水ください。	請給我水。
日替わりランチをお願いします。	請給我今日特餐。
スプーンを落としてしまいました。	湯匙掉了。
コーヒーのおかわりください。	我要咖啡續杯。
あちらの席に替わってもいいですか。	可以換那邊的座位嗎？

各種基本表現

到日本

住宿

飲食

逛街購物

觀光娛樂

電話、郵局

遇到麻煩

回國

相關單字

スパゲッティ	義大利通心麵
イタリア料理 りょうり	義大利菜
コーラ	可樂
フランス料理 りょうり	法國菜
サンドイッチ	三明治
洋食レストラン ようしょく	西餐廳
ファーストフード	快餐
ピザ	比薩

7　在中華料理店

實況會話

店：ご注文は何になさいますか。

您要點什麼？

Ａ：餃子とチャーハンと酢豚ください。

給我餃子、炒飯及糖醋排骨。

店：スープは何になさいますか。

要點什麼湯？

Ａ：野菜スープをお願いします。

青菜湯。

店：かしこまりました。

好的。

Ａ：あの、お茶をもらえますか。

麻煩，給我來杯茶。

店：はい、少々お待ちください。

好的，請等一下。

各種基本表現

到日本

住宿

飲食

逛街購物

觀光娛樂

電話、郵局

遇到麻煩

回國

■說說看

この料理は何人分ですか。	這道菜是幾人份的。
肉料理はどれですか。	肉類的是哪道？
ご飯はおかわりできますか。	飯可以續碗嗎？
レンゲをください。	請給我湯匙。
お茶はどんな種類がありますか。	有哪些種類的茶呢？
烏龍茶をください。	請給我烏龍茶。
この近くに中華料理店はありますか。	這附近有中國菜館嗎？

相關單字

中華丼	什錦燴飯
五目そば	什錦麵
ラーメン	拉麵
餃子	餃子
タンメン	湯麵
シューマイ	燒賣

各種基本表現

到日本

住宿

飲食

逛街購物

觀光娛樂

電話、郵局

遇到麻煩

回國

8 在速食店

實況會話

服：いらっしゃいませ。

歡迎光臨。

Ａ：ハンバーガー１つとコーラください。

給我漢堡一個跟可樂。

服：コーラのサイズは。

可樂的大小呢？

Ａ：Ｌでお願いします。

大杯的。

服：ポテトはいかがですか。

要不要來個炸薯條。

Ａ：いいです。

不用了。

服：お持ち帰りですか。

帯回家嗎？

Ａ：はい。

是的。

服：では、５２０円になります。

共520日圓。

■相關表現

チーズバーガーとコーラを一つずつ。	起司漢堡跟可樂各一個。
フライドポテト一つお願いします。	給我一包炸薯條。
チョコレートシェーク二つお願いします。	給我巧克力奶昔二杯。
ケチャップをもう一つもらえませんか。	可以再給我一包蕃茄醬嗎？
ストローとナプキンが入っていません。	吸管跟面紙沒有放進去。
ここで食べます。	在這裡吃。
持ち帰りです。	帶回家。

相關單字

ストロー	吸管
ミルク	牛奶
ナプキン	面紙
<ruby>砂糖<rt>さとう</rt></ruby>	砂糖
ケチャップ	蕃茄醬
アップルパイ	蘋果派

各種基本表現

到日本

住宿

飲食

逛街購物

觀光娛樂

電話、郵局

遇到麻煩

回國

9 在吃到飽餐廳

實況會話

A：食べ放題に行きませんか。

今天吃吃到飽的,要不要?

B：あっ、いいですね。行きましょう。

好啊,走吧!

***

店員：いらっしゃいませ。

歡迎光臨。

A：すみません。一人いくらですか。

請問,一個人多少錢?

店：１５００円です。

1500日圓。

A：時間制限はありますか。

有限制時間嗎?

店：はい、二時間です。

有的，二個小時。

A：じゃあ、二名お願いします。

那麼，二位。

■相關表現

食べ放題に行きませんか。	要不要去吃吃到飽的？
飲み物は含まれていますか。	有附飲料嗎？
時間制限はありますか。	有限制時間嗎？
食べ残すとどうなりますか。	吃剩的話會怎麼樣？
食べ残した場合は罰金があります。	吃剩的話會罰錢。
他の料理も注文できますか。	可以點其它的菜嗎？
子供料金はいくらですか。	小孩多少錢？
よく食べました。	吃飽了。
食べ過ぎました。	吃太多了。

各種基本表現

到日本

住宿

飲食

逛街購物

觀光娛樂

電話、郵局

遇到麻煩

回國

相關單字

セルフサービス	自助式
<ruby>時間制限<rt>じかんせいげん</rt></ruby>	限制時間
<ruby>人数<rt>にんずう</rt></ruby>	人數
<ruby>罰金<rt>ばっきん</rt></ruby>	罰錢
<ruby>残す<rt>のこ</rt></ruby>	剩下
<ruby>満腹<rt>まんぷく</rt></ruby>	吃到飽

第五篇　逛街購物

1 在服裝店

實況會話：買衣服

店員：いらっしゃいませ。何かお探しですか。

> 歡迎光臨。您需要什麼？

A：ええ、あそこのブラウスを見せてください。

> 請給我看一下那件罩衫。

店：かしこまりました。はい、どうぞ。

> 好的，請。

A：おいくらですか。

> 多少錢？

店：5000円です。

> 5000日圓。

A：試着してもいいですか。

> 可以試穿嗎？

店：はい、どうぞ。試着室はすぐそこの左側です。……いかがですか。

> 可以。試穿室就在那裡的左邊。……感覺如何？

Ａ：これにします。クレジットカードは使えますか。

> 就給我這一件。可以用信用卡嗎？

店：はい、使えます。

> 可以。

🌼 旅遊豆知識

　　採購也是國外旅行的另一大樂趣。特別是日本的家電用品、服飾、攝影器材、藥品等都是深受國人喜歡的。如何有效地在有限的行程中，利用空檔時間來購物呢？那就是事先收集情報了，清楚一些主要的逛街點，必能滿足您的購物計畫的。

■在店裏的對話

それを見せてください。	請給我看一下那件。
色違いはありますか。	有不同顏色的嗎？
茶色のはありますか。	有咖啡色嗎？
素材は何ですか。	是什麼料子？
このブラウスを見せてください。	請給我看一下這件罩衫。
試着してもいいですか。	可以試穿嗎？
サイズを測ってください。	請幫我量尺寸。
Lサイズでお願いします。	我要L號。
1サイズ小さいものはありますか。	有小1號的嗎？
私に合うサイズはありますか。	有合我的尺寸的嗎？
ちょっときつい／緩いようです。	稍微緊／寬一些。
ズボンの裾をつめてください。	長褲的褲管改短一些。
4センチぐらいお願いします。	4公分左右。
ぴったりです。	剛好。
似合いますか。	合適嗎？

■只看不買

ちょっと見ているだけです。	只看不買。
すみません、また来ます。	很抱歉，我會再來。
もう一回ひと回り見てからにします。	先繞一圈看看再説。

相關單字

洋服	西服
スカート	裙子
着物	和服
ストッキング	絲襪
手袋	手套
下着	內衣褲
帽子	帽子
靴	鞋子
ズボン	褲子
オーバー	外套
靴下	襪子
コート	大衣
スーパー	超市
デパート	百貨公司

各種基本表現

到日本

住宿

飲食

逛街購物

観光娯樂

電話、郵局

遇到麻煩

回國

2 在鞋店

實況會話：買鞋子

Ａ：黒のパンプスがほしいのですが。

> 我要黑色的女用皮鞋。

店員：パンプスはあちらになります。

> 女用皮鞋在那一邊。

Ａ：これをはいてみてもいいですか。

> 這雙可以穿穿看嗎？

店：どうぞ。

> 請。

Ａ：少し小さいです。

> 稍微小了一些。

店：１サイズ大きいものをお持ちいたしましょうか。

> 給您拿大一號的來吧？

A：お願いします。
ねが

麻煩你了。

店：これはいかがですか。

這雙怎麼樣？

A：ちょうどいいです。これをください。

剛剛好。給我這雙。

旅遊豆知識

　　懂得購物的基本禮節，不僅能享受到購物樂趣，更可以獲得店員親切的服務。一進店裡先有禮地「こんにちは」打聲招呼，就給人極好印象了。想看東西或試穿衣鞋都跟店員說一聲，如果只看不買，請說「ちょっと見ているだけです」就可以了。無視店員的招呼，是沒禮貌的。離開時最好說一聲：「ありがとうございます」。

各種基本表現
到日本
住宿
飲食
逛街購物
觀光娛樂
電話、郵局
遇到麻煩
回國

■相關表現

靴が一足ほしいんですが。	我想買一雙皮鞋。
黒い靴がほしいんですが。	我想買黑皮鞋。
この靴をはいてみたいのですが。	我想試穿這雙皮鞋。
サイズは。	尺寸呢？
4号です。	4號。
いかがですか。	如何？
大き／小さ／ゆる／きつすぎます。	太大／小／鬆／緊。
もっと小さいのはありますか。	有沒有小一點的。
ぴったりです。	正好。
デザインの似ているものはありますか。	有沒有跟這個式樣相似的？
この靴はいくらですか。	這雙皮鞋多少錢？

3 在化妝品、飾品專櫃

實況會話

A：この色に近い色の口紅はありますか。

有跟這種顏色相近的口紅嗎？

店員：お待ちください。これはどうですか。

請稍等一下。這條怎麼樣？

A：つけてみてもいいですか。

可以擦擦看嗎？

店：よろしいですよ。

可以。

＊＊＊

A：右から２番目の指輪を見せてください。

請給我看一下右邊第二個戒指。

店：はい、どうぞ。

好的。請。

各種基本表現
到日本
住宿
飲食
逛街購物
觀光娛樂
電話、郵局
遇到麻煩
回國

A：この石は何ですか。

> 這是什麼寶石？

店：これはサファイアです。

> 這是藍寶石。

 旅遊豆知識

買了自己的東西之後，接下來就是買一些禮物贈送國內的親友。買名牌皮包、領帶、化妝品或香水，不必說，當然是去免稅店，在免稅店有時還可以享受折扣優待。一般免稅店會要求您出示護照。如果送的禮物多，預算又有限，那麼日本的商店街、超級市場（有的類似我們的大賣場）、大百貨公司及商場背後的橫街窄巷，都可以發現許多便宜、新奇的小東西，會令您有意想不到的收獲。

■在化妝品專櫃

5番の口紅を探しています。	我要5號的口紅。
色の種類はここに出ているだけですか。	顏色的種類就擺出來的這些嗎？
今人気の香水は何ですか。	現在受歡迎的香水是哪一種？
美容液がほしいのですが。	我要美容液。
これと同じものはありませんか。	有沒有跟這個一樣的。

■在飾品店

これは純金ですか。	這是純金的嗎？
鏡で見てみたいのですが。	可以照鏡看一下嗎？
手にとって見てもいいですか。	可以用手拿拿看嗎？
これは何のブランドですか。	這是什麼品牌的？
サイズをなおしてもらえませんか。	可以幫我調尺寸嗎？
保証書は付きますか。	有附保證書嗎？

各種基本表現
到日本
住宿
飲食
逛街購物
觀光娛樂
電話、郵局
遇到麻煩
回國

■選禮物

お土産には何がいいですか。	有什麼可以當禮物的？
家族へのお土産を探しています。	我要送給家人的禮物。
五歳の男の子の帽子を探してます。	我要五歲男孩的帽子。
日本人形はありますか。	有日本娃娃嗎？
絵はがきを十枚ください。	請給我有圖片的明信片。
これを三つください。	請給我三個這個。
贈り物用に包んでいただけますか。	送禮用的請幫我包起來。

■在免税店

免税店はどこにありますか。	哪裡有免税店？
これは免税品ですね。	這是免税商品吧。
これは本物ですか。	這是真貨嗎？
品質に問題はありませんか。	品質上沒問題嗎？
保証書は付きますか。	有附保證書嗎？
風邪薬がほしいのですが。	我要感冒藥。
胃腸薬はありますか。	有胃腸藥嗎？
パスポートを見せていただけますか。	請讓我看一下護照。

相關單字

化粧水	化妝水
花瓶	花瓶
乳液	乳液
陶器	陶器
１８金	18K金
ぬいぐるみ	布縫玩具
銀	銀
はがき	名信片

各種基本表現
到日本
住宿
飲食
逛街購物
觀光娛樂
電話、郵局
遇到麻煩
回國

4 電器

A：すみません、カメラは置いてありますか。

> 請問，有照像機嗎？

B：はい、どういったのがよろしいですか。

> 有的，要什麼樣的？

A：小さくて、軽いのがいいんですが。

> 又小又輕的。

B：ご予算はおいくらでしょうか。

> 您預算多少？

A：30000円ぐらいなんですが。

> 3萬日圓左右的。

B：それでしたら、これはいかがでしょう。

> 那樣的話，這個如何？

A：いいですね。割引はありますか。

很不錯嘛！有打折嗎？

B：この商品だと二割引までできます。

這個的話，可以打到八折。

A：じゃあ、それにします。

給我那個。

■相關表現

他のメーカーのものも見せて下さい。	讓我看看別的品牌。
使い方を説明して下さい。	請説明一下使用方法。
説明書が読めません。	我看不懂説明書。
どんな機能がありますか。	有什麼樣的功能呢？
持ち帰りだと安くなりますか。	自己帶回去的話，就可以再便宜些嗎？
配達料金はいくらですか。	運費要多少錢？
配達してもらえますか。	能幫我送一下嗎？
電圧はいくらですか。	是多少的電壓？
これは外国でも使えますか。	在外國也能用嗎？

各種基本表現

到日本

住宿

飲食

逛街購物

觀光娛樂

電話、郵局

遇到麻煩

回國

相關單字

ラジオ	收音機
ビデオ	錄音機
ファミコン	電玩機
ミニコンポ	床頭音響

5 買水果

實況會話

A：すみません、桃が欲しいのですが。

對不起，我要桃子。

B：はい、どのぐらいご入り用ですか。

好的，要幾個？

A：あの、値段はおいくらですか。

多少錢？

B：一皿5個で450円です。

一盤450日圓。

A：じゃあ、二皿下さい。

那麼給我兩盤。

各種基本表現

到日本

住宿

飲食

逛街購物

觀光娛樂

電話、郵局

遇到麻煩

回國

■相關表現

果物_{くだもの}はどう買_かうんですか。	怎麼買水果？
手_てでさわってもいいですか。	可以用手摸嗎？
味見_{あじみ}できますか。	可以嚐一嚐嗎？
これはすぐ食_たべられますか。	可以馬上吃嗎？
値段_{ねだん}の見方_{みかた}がわかりません。	價錢是怎麼看的？
別_{べつ}の品種_{ひんしゅ}のものはありますか。	有別的品種嗎？

相關單字

二十一世紀梨 にじゅういちせいきなし	２１世紀梨
ぶどう	葡萄
リンゴ	蘋果
かき	柿子
メロン	哈密
みかん	橘子

6 討價還價

實況會話

Ａ：少し負けてくれませんか。

> 能再便宜一些些嗎？

店：すみません。これは定価販売なんです。

> 對不起，這是不二價的。

Ａ：他の店ではもっと安かったですよ。

> 別的店更便宜呢！

店：申し2訳ないんですが、ちょっと無理ですね。

> 非常抱歉，沒辦法。

Ａ：安くしてくれたら、二枚買うから。

> 如果算便宜一些的話，我買兩件。

店：じゃ、二枚で１２０００円にしましょう。

> 那麼，兩件算1200圓。

各種基本表現
到日本
住宿
飲食
逛街購物
觀光娛樂
電話、郵局
遇到麻煩
回國

Ａ：ありがとう。

謝謝。

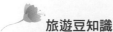 旅遊豆知識

在日本購物怎麼討價還價呢？首先選擇可以討價還價的場所，例如秋葉原的電器街、大百貨公司及商場背後的橫街窄巷。接下來是方法，告訴店員東西太貴了，可不可以再便宜一點外，先開低價，再予折中等等，其實跟您在國內的技巧是一樣的。有些人不須語言，用電子計算機上所顯示的數字，來討價還價，也不失為一個好方法。

■相關表現

割引になりませんか。	可以打折扣嗎？
値引きしてもらえませんか。	可以打折扣嗎？
５０００円しか持ってないんです。	我只有5000日圓而已。
６０００円ならどうですか。	就算6000日圓，怎麼樣？
値引きがないなら、いいです。	不打折扣的話，就算了。
ちょっと考えさせてください。	讓我想想看。

7 付款

實況會話

Ａ：これをください。

給我這個。

店員<rp>てんいん</rp>：ありがとうございます。

好的，謝謝您。

Ａ：全部<rp>ぜんぶ</rp>でいくらですか。

一共多少錢？

店：３５０００円<rp>えん</rp>になります。

35000圓。

Ａ：支払<rp>しはら</rp>いはクレジットカードでいいですか。

可以刷卡嗎？

店：はい、結構<rp>けっこう</rp>です。

可以。

A：贈り物用に包装してもらいたいのですが。

我要送人的請您包裝一下。

店：かしこまりました。

好的。

🌸 旅遊豆知識

　　支付時，使用信用卡或旅行支票是較為方便的。旅行支票幾乎是世界各地通用的，但有些較小的商店是不收的。支付旅行支票時必須在店員面前簽名，同時提示身份證明。信用卡同時具有證明文件等作用，故最受歡迎。記得簽名時，一定要確認金額的正確無誤。

■相關表現

いくらですか。	多少錢？
トラベラーズ.チェックは使えますか。	可以用旅行支票嗎？
現金でお願いします。	我付現金。
～円のお釣りです。	找您～圓。

サインはどこにすればいいですか。	在哪裡簽字呢？
領 収 書をください。 りょうしゅうしょ	請給我收據。

■退貨

サイズが違っていました。 ちが	尺寸不對。
ここが汚れています。 よご	這裡髒了。
ここが壊れています。 こわ	這裡壞了。
開けたら、品物が違いました。 あ　　　しなもの　ちが	一打開，東西就不一樣了。
取り換えていただけますか。 と　か	麻煩換一下。
返品したいのですが。 へんぴん	我想退貨。
まだ使っていません。 つか	還沒有用過。
返金はしてもらえますか。 へんきん	可以退我錢嗎？
レシートはありますか。	有收據嗎？

 旅遊豆知識

　　購買前最好事先檢查東西有無污漬、破損、所裝的東西是否為您所購買的。如果東西有了問題，帶著收據，回到原店，一般是可以退貨的。有些店可以換其它物品，不退錢；有些店在打折期間是不受理退貨的。

各種基本表現

到日本

住宿

飲食

逛街購物

觀光娛樂

電話、郵局

遇到麻煩

回國

■郵寄回國

これは台湾に郵送できますか。	這個可以寄到台灣嗎？
ホテルまで配達してもらえますか。	能送到飯店去嗎？
送料は、いくらぐらいかかりますか。	運費大概多少錢？
台湾まで何日ぐらいかかりますか。	寄到台灣要花幾天？
航空便でいくらかかりますか。	空運要花多少錢？
船便で何日かかりますか。	船運要花幾天？

相關單字

割引（わりびき）	打折扣
プレゼント	禮物
値段（ねだん）	價錢
包装（ほうそう）	包裝
安い（やすい）	便宜
返品（へんぴん）	退貨
お買得（かいどく）	買了便宜
取り替え（とかえ）	調換
予算（よさん）	預算
送料（そうりょう）	運費
セール	拍賣
バーゲン	拍賣
レジ	收納處
保証書（ほしょうしょ）	保證書

各種基本表現

到日本

住宿

飲食

逛街購物

觀光娛樂

電話、郵局

遇到麻煩

回國

筆記欄

第六篇　觀光娛樂

實況會話一：中華街怎麼去

Ａ：すみません、横浜中華街に行きたいのですが、行き方を教えてください。

請問，我想去橫濱中華街，能告訴我怎麼去嗎？

服務員：ＪＲ京浜東北線で行けます。

坐ＪＲ京濱東北線就可以到了。

Ａ：どこで降りますか。

在哪裡下車呢？

服：関内で降りて徒歩５分ほどです。

在關內下，走路大概要5分鐘。

Ａ：わかりました。

知道了。

服：もし時間がありましたら観光船でも行けます。

如果時間夠的話，也可以坐觀光船去。

Ａ：楽<ruby>楽<rt>たの</rt></ruby>しそうですね。どこから<ruby>乗<rt>の</rt></ruby>れますか。

聽起來很好玩，在哪裡坐呢？

服：<ruby>横浜駅東口<rt>よこはまえきひがしぐち</rt></ruby>の<ruby>乗船場<rt>じょうせんば</rt></ruby>です。

在橫濱車站東口的乘船處坐。

Ａ：ご<ruby>親切<rt>しんせつ</rt></ruby>にありがとうございました。

非常謝謝您。

旅遊豆知識

在日本如何得到觀光資訊呢？最快的有機場及市區的旅遊服務中心，當然飯店、餐廳也有許多旅遊訊息。除了介紹旅遊團、交通工具的應用方法外，節日慶典、戲院節目、晝夜娛樂、藝術品的欣賞、租車、購物，甚至介紹翻譯員等服務項目，應有盡有。

■相關表現

<ruby>観光案内所<rt>かんこうあんないじょ</rt></ruby>はどこですか。　　旅遊服務中心在哪裡？

地図はどこで買えますか。	在哪裡可以買到地圖呢？
観光パンフレットをください。	請給我觀光簡介。
電車の路線図がほしいのですが。	我要電車路線圖。
古い町を散歩したいのですが。	我想漫步古老的街道。
東京にはどんな名所がありますか。	東京內有哪些名勝呢？
東京タワーはどうやって行くのですか。	怎麼去東京鐵塔？
景色がいいのはどこですか。	哪裡有好景色可看呢？
日帰りで行けるところを教えてください。	請告訴我可以往返一天的地方。
そこへの行き方は。	怎麼去那裡呢？
電車で行けますか。	電車有到嗎？
どこでその電車に乗り換えればいいですか。	在哪裡換電車呢？
一人いくらですか。	一個人多少錢？
入場料はいくらですか。	入場券要多少錢？
ここで切符は買えますか。	可以在這裡買票嗎？

相關單字

名所 めいしょ	名勝
水族館 すいぞくかん	水族館
お寺 てら	寺院
遊園地 ゆうえんち	遊樂園
神社 じんじゃ	廟
劇場 げきじょう	劇院
お城 しろ	城堡
映画館 えいがかん	電影院
美術館 びじゅつかん	美術館
公園 こうえん	公園

實況會話二：申請市區觀光團

A：ツアーに申し込みたいのですが。
　　　　　　もう　こ

我想參加旅行團。

服：はい、一日ツアーと半日ツアーがあります
　　　　ついたち　　　　はんにちつあ
　　けど。

好的，有一天和半天旅行團。

A：お薦めのを教えてください。
　　すす　　　おし

您推薦的是哪一個？

各種基本表現

到日本

住宿

飲食

逛街購物

觀光娛樂

電話、郵局

遇到麻煩

回國

服：何が見たいですか。

Ａ：市内見物がしたいんですが。

服：それでしたら、東京の一日観光コースがいいですよ。

Ａ：食事は付いてますか。

服：ええ、付いてますよ。

Ａ:じゃあ、それに申し込みます。

旅遊豆知識

　　如果要看東京重要的名勝古蹟，則建議您搭乘旅遊公共汽車。為了便利外國遊客而設的這種旅遊車，大都設有英語服務員。班次很多，舒適便利。旅行社、旅遊服務中心及飯店櫃台皆有受理預約。

■相關表現

どんなツアーがいいですか。	什麼樣的旅行團好呢？
夜の観光ツアーはあります か。	有夜間旅行團嗎？
そのツアーはどこを回ります か。	那個旅行團是走什麼樣的路線？
英語案内のあるツアーはあ りますか。	有英語說明的旅行團嗎？
皇居を回るコースはあります か。	有參觀皇居的團嗎？
何時間かかりますか。	要花幾小時？
出発は何時ですか。	什麼時候出發？
どこから出発しますか。	在哪裡出發？
自由時間はありますか。	有自由時間嗎？
ここで予約できますか。	在這裡可以預約嗎？
チケットはどこで買えます か。	票在哪裡買？
料金はいくらですか。	費用是多少錢？

2 地下鐵、巴士

實況會話

Ａ：新宿へ行きたいのですが、どうすればいい
　　ですか。

我想去新宿，要怎麼買票？

站員：お金をこの機械へ入れて。

把錢投入這台機器。

Ａ：はい。

好的。

員：新宿までの金額を押します。

請按到新宿的金額。

Ａ：切符が出てきました。

車票出來了。

員：それを自動改札口に通して入るんです。

過自動剪票口時再把車票放進去。

A：新宿行きは何番線ですか。
あらじゅくゆ　なんばんせん

到新宿是第幾月台？

員：２番線になります。
ばんせん

第二月台。

 旅遊豆知識

　　日本交通工具十分發達。有電車、地鐵、新幹線、公共汽車、出租汽車等。東京的山手線，它所經過的二十九個車站，囊括了東最繁華的商業區與企業辦公區，是觀察東京的最佳窗口。

　　有人説東京地下是空的，因為它滿佈了地下鐵。地下鐵的確是挺複雜的，因此最好先研究好路線圖，以免弄錯方向。

　　如果您想逛逛日本的大街小巷，搭乘公共汽車是再好不過了。可以從起點坐到終點。但要確定終點站的地理位置，以便回來。

■相關表現

渋谷までいくらですか。 しぶや	到渋谷要多少錢？
東京駅は何番線ですか。 とうきょうえき　なんばんせん	到東 車站是第幾月台？
何分ぐらいかかりますか。 なにぶん	要花幾分鐘？
どこで乗り換えますか。 の　か	在哪裡換車？

この電車は銀座まで行きますか。	這輛電車到銀座嗎？
神保町はここからいくつめですか。	從這裡到神保町，要經過幾站？
どの駅で降りればいいのですか。	在哪個車站下車？
ここはどこですか。	這裡是哪裡？
どの電車に乗ればいいですか。	坐哪輛電車好呢？
この回数券は使えますか。	這張回數票可以用嗎？
芝公園への出口はどっちですか。	芝公園的出口在哪邊？
乗り越してしまいました。	坐過站了。

■坐巴士

原宿へ行きたいのですが。	我要到原宿。
明治神宮へ行くバスはありますか。	有往明治神宮的巴士嗎？
どこでそのバスに乗ればいいですか。	那輛巴士在哪裡乘坐？
バスでどのぐらいかかりますか。	坐巴士要花多少時間？

回数券をください。	請給我回數票。
このバスは桜木町まで行きますか。	這輛巴士到櫻木町嗎？
着いたら教えてください。	到的話請通知我。
ここで降ります。	我在這裡下車。

相關單字

出口	出口
回数券	回數票
入り口	入口
乗る	搭乘
改札口	剪票口
降りる	下車
乗り換え	換車
運転手	司機
乗り越す	坐過站
乗車券	車票
ホーム	月台
料金	車費
切符	車票
～行き	往～

各種基本表現

到日本

住宿

飲食

逛街購物

觀光娛樂

電話、郵局

遇到麻煩

回國

3 租車

實況會話

A：車を借りたいのですが。

我要租車。

服務員：免許証はお持ちですか。

您有帶駕駛執照嗎？

A：はい、持ってます。

有的。

服：どのぐらい借りられますか。

您要租多久？

A：一日です。

一天。

服：どの車種を借りられますか。

您要哪種車型的車子？

A：普通乗用車でいいです。

一般小汽車就可以了。

■相關表現

<ruby>車<rt>くるま</rt></ruby>を<ruby>借<rt>か</rt></ruby>りたいのですが。	我要租車。
<ruby>一日<rt>ついたち</rt></ruby>いくらですか。	一天多少錢？
どんな<ruby>車種<rt>しゃしゅ</rt></ruby>がありますか。	有什麼車型？
<ruby>延長<rt>えんちょう</rt></ruby>したい<ruby>時<rt>とき</rt></ruby>はどうすればいいですか。	想延長時間的話，怎麼辦？
<ruby>故障<rt>こしょう</rt></ruby>した<ruby>時<rt>とき</rt></ruby>はどうすればいいですか。	故障時，怎麼辦？
<ruby>保険<rt>ほけん</rt></ruby>はどうなりますか。	保險呢？
<ruby>返<rt>かえ</rt></ruby>す<ruby>時<rt>とき</rt></ruby>はどうすればいいですか。	還車時，需辦什麼手續。
<ruby>借<rt>か</rt></ruby>りるには<ruby>何<rt>なに</rt></ruby>が<ruby>必要<rt>ひつよう</rt></ruby>ですか。	租借時，需要什麼？

相關單字

タイヤ	輪胎
ガソリンスタンド	加油站
パンク	爆胎
<ruby>国際免許証<rt>こくさいめんきょしょう</rt></ruby>	國際駕照
<ruby>故障<rt>こしょう</rt></ruby>	故障
<ruby>駐車場<rt>ちゅうしゃじょう</rt></ruby>	停車場
<ruby>修理<rt>しゅうり</rt></ruby>	修理
<ruby>有料道路<rt>ゆうりょうどうろ</rt></ruby>	收費道路
<ruby>点検<rt>てんけん</rt></ruby>	檢查
<ruby>交通事故<rt>こうつうじこ</rt></ruby>	車禍
ブレーキ	剎車器
<ruby>一方通行<rt>いっぽうつうぎょう</rt></ruby>	單行道

4 走在街上

A：ちょっとすみません、郵便局はどこでしょ
うか。

> 請問，郵局在哪裡？

B：この道をまっすぐ行って、二つ目の信号を
右に曲がったところにあります。

> 這條路直走，第二個紅綠燈右轉就是了。

A：二つ目の信号を右ですね。

> 第二個紅綠燈右轉是嗎？

B：そうです。デパートの向かい側です。

> 是的。 貨公司的對面。

A：どのぐらいかかりますか。

> 要走幾分鐘？

B：7分ぐらいでしょう。

各種基本表現

到日本

住宿

飲食

逛街購物

觀光娛樂

電話、郵局

遇到麻煩

回國

7分鐘左右吧！

A：分（わ）かりました。ありがとうございました。

我知道了，謝謝你。

B：どういたしまして。

不客氣。

 旅遊豆知識

漫步在街上，實際去感覺一下街道的氣氛，將會更充實您的旅遊之樂。為了預防迷路，請隨身攜帶地圖、飯店名片。出門之前，先從地圖上掌握住街道的輪廓。

■相關表現

駅（えき）はどこですか。	車站在哪裡？
代々木公園（よよぎこうえん）へ行（い）きたいのですが。	我想去代代木公園。
この道（みち）を行（い）けばいいですか。	往這條路走就可以了嗎？
この地図（ちず）のどこになりますか。	我們在這張地圖的哪裡？
地図（ちず）を書（か）いてください。	請幫我畫一下地圖。

道<ruby>に迷</ruby>いました。	我迷路了。
ここはどこですか。	這裡是哪裡？
連れていってくれませんか。	可以帶我去嗎？
何か目印はありますか。	有明顯的目標嗎？
東はどちらですか。	哪裡是東邊？
トイレを貸してください。	請借用一下廁所。
すみません、今何時ですか。	請問，現在幾點了。

相關單字

右に曲がる	右轉
突き当たり	盡頭
まっすぐ行く	直走
踏切	平交道
信号	紅綠燈
横断歩道	斑馬線
大通り	大馬路
公衆電話	公共電話
交差点	＋字路
トイレ	廁所

■參觀美術館

にゅうじょうりょう 入場料はいくらですか。	入場券多少錢？
おとなさんまい 大人3枚ください。	請給我大人3張。
えいご ぱんふれっと 英語のパンフレットはありますか。	有英語簡介嗎？
びじゅつかん さくひん この美術館には、どんな作品がありますか。	這間美術館，有什麼作品？
え ピカソの絵はどこですか。	畢卡索的畫在哪裡？
かんない 館内ツアーはありますか。	有館內參觀團嗎？
だれ さくひん これは誰の作品ですか。	這是誰的作品？
ころ さくひん いつ頃の作品ですか。	什麼時候的作品？
はい 入ってもいいですか。	可以進去嗎？
え 絵はがきはありますか。	有明信片嗎？

旅遊豆知識

　　最近到過台灣的日本人常說台灣人真有福氣，因為我們可以免費的在大安公園、中正紀念堂等地，欣賞到具國際水準的音樂會、傳統的歌舞節目。在日本可以隨時欣賞到一流的國際 音樂、舞蹈及歌劇。也可以觀賞日本的傳統戲劇「能」，及相對於「能」而受一般民眾喜愛的「歌舞伎」。但都是必須付費的。

■看歌舞伎、能劇

歌舞伎はどこでやっていますか。	歌舞伎在哪裡演出？
能劇のチケットはどこで買えますか。	能劇的票在哪裡可以買得到？
今夜のチケットを二枚ください。	請給我今天晚上的票二張。
もう売り切れました。	已經賣光了（票）。
一番いい席はいくらですか。	最好的座位多少錢？
まん中辺の席がいいです。	最好是中間的座位。

5 拍照

實況會話

A：すみませんが、写真を撮っていただけますか。

> 對不起，可以幫我拍個照嗎？

路人：いいですよ。

> 可以的。

A：ここがシャッターです。押すだけでいいです。

> 這裡是快門，按下去就好了。

路：分かりました。はい、笑って。

> 好的。要拍了，笑一個。

A：ありがとうございました。

> 謝謝你。

＊＊＊

各種基本表現

到日本

住宿

飲食

逛街購物

觀光娛樂

電話、郵局

遇到麻煩

回國

A：すみません、これを現像してください。

請幫我沖洗照片。

相館：かしこまりました。

好的。

A：いつ出来ますか。

什麼時候會好呢？

相：今日の午後五時にはできます。

今天下午5點可以好的。

 旅遊豆知識

　　在美術館等有些地方是禁止拍照的。因此在公共場所拍照前
「ここで写真を撮ってもいいですか」事先詢問一下較好。在路
上，也請不要任意向著路人拍照，必須先請示對方「あなたを撮っ
てもいいですか」再拍。

■相關表現

ここで写真を撮ってもいいですか。	這裡可以拍照嗎？
ビデオを撮影してもいいですか。	可以錄影嗎？
もう一枚お願いします。	麻煩再來一張。
あなたを撮ってもいいですか。	可以拍你嗎？
一枚撮ってあげましょう。	幫你拍一張。
ちょっとシャッターを押してくれませんか。	可以幫我拍一下照嗎？
はい、皆さん、こっち見て、チーズ。	要拍了，大家看這邊，笑一個。
もう少し中によってください。	請再往中間靠一下。
写真を送ります。	我要寄照片給您。
ここに住所を書いてください。	請在這裡寫下您的住址。
カラーフィルムをください。	請給我彩色軟片。
もっと速くできませんか。	可以再快一點嗎？

各種基本表現

到日本

住宿

飲食

逛街購物

觀光娛樂

電話、郵局

遇到麻煩

回國

この写真を引き伸ばしてくだ さい。	請幫我把這張照片放大。
2枚ずつ焼いてほしいので すが。	我想各洗兩張。

相關單字

切符	票
カメラ	照像機
売場	售票處
シャッター	快門
能劇	能劇
現像する	沖洗
歌舞伎	歌舞伎
フラッシュ	閃光燈
文楽	日本木偶戲
引き伸ばす	放大

6 遊玩

實況會話

A：今日は最後の夜ですね。どこへ行きましょうか。

> 今天是最後一個晚上，去哪裡好呢？

B：今夜はパーッと楽しくやりましょう。 ディスコはどうですか。

> 今晚就暢快的玩它一下吧！去跳迪士可怎麼樣，
> 今晚瘋他一下。

A：いいですね。その後はカラオケでも行きましょう。

> 好啊！之後再去唱卡拉OK。

B：そうしましょう。

> 就這麼辦。

A：今夜は誰のおごりですか。

> 今天誰做東呢？

B：勿論あなたですよ。

> 當然是你囉！

各種基本表現

到日本

住宿

飲食

逛街購物

觀光娛樂

電話、郵局

遇到麻煩

回國

旅遊豆知識

　「夜生活」也是旅遊的重點之一。例如聽聽爵士樂、到夜店、唱唱KTV，享受一下夜生活的樂趣吧！透過旅遊指南、飯店櫃台的資料，再請教服務人員有關店的氣氛、規模及秀的內容之後，再安心地出門吧！但別忘了夜間的街道是潛藏著危險的。

■上夜店

一番人気のあるディスコはどこですか。	最有名氣的迪士可舞廳在哪裡？
六本木です。	在六本木。
チケットは入口で買います。	請在入口處 買入場券。
女性は１５００円で、男性は２０００円です。	女 是1500日圓，男 是2000日圓。
チケットには、ドリンク一杯分が含まれています。	入場券內含一杯免費飲料。
いっしょに踊りませんか。	一起跳舞好嗎？
踊りが上手ですね。	你好會跳哦！
ＤＪがかっこいいですね。	DJ好帥哦！
若い子が多いですね。	好多年輕人哦！

■上KTV

一時間いくらですか。	一小時多少錢？
時間帯と部屋の大きさによります。	看時段和房間大小。
昼間は割引があります。	白天有打折。
どんな歌が好きですか。	喜歡什麼樣的歌？
中国語の歌もありますよ。	也有中國歌曲呢！
キーが高すぎます。／低すぎます。	KEY太高了／太低了。
少し上げて／下げてください。	再高一些些／低一些些。
音を大きく／小さくしてください。	音量再大一些／小一些。
リクエストしてくれませんか。	幫我選一下曲子好嗎？
アンコール。	再來一首。
誰が歌うs12番ですか。	換誰唱了？
ラブソングですね。	是情歌嘛！
デュエットしましょう。	我們來合唱吧？
音痴。	五音不全。
18番。	拿手曲子。
楽しかったですね。	唱得好高興哦。

各種基本表現
到日本
住宿
飲食
逛街購物
觀光娛樂
電話、郵局
遇到麻煩
回國

相關單字

ダンス	跳舞
料金 (りょうきん)	費用
カップル	一對
時間帯 (じかんたい)	時段
パートナー	舞伴
一時間 (いちじかん)	一小時
フロア	舞池
歌謡曲 (かようきょく)	民謠
疲れた (つか)	好累
新曲 (しんきょく)	新歌
あつい	熱
リクエスト	選曲
ロッカー	帶鎖的櫃子
下手 (へた)	不熟練
歌詞 (かし)	歌詞
ラブソング	情歌
最新ヒットソング (さいしん)	最新暢銷曲
歌う番 (うた)(ばん)	輪到唱歌
楽譜 (がくふ)	樂譜
歌い方 (うた)(かた)	唱法
マイク	麥克風
テンポ	拍子

第七篇　電話、郵局

1 國內電話

實況會話

A：<ruby>電話<rt>でんわ</rt></ruby>をかけたいのですが、どうすればいいですか。

> 我想打電話，要怎麼打才行呢？

<ruby>服務員<rt>ふくむいん</rt></ruby>：まず<ruby>お部屋<rt>へや</rt></ruby>の<ruby>電話機<rt>でんわき</rt></ruby>の゛０゛を<ruby>押<rt>お</rt></ruby>して。

> 利用房間的電話，請先按 "０"。

A：はい。

> 好的。

服：そのあとに<ruby>相手先<rt>あいてさき</rt></ruby>の<ruby>番号<rt>ばんごう</rt></ruby>を<ruby>押<rt>お</rt></ruby>してください。

> 之後，再按對方的電話號碼。

A：<ruby>電話代<rt>でんわだい</rt></ruby>はどうなりますか。

> 電話費呢？

服：チェックアウトの<ruby>時<rt>とき</rt></ruby>にお<ruby>支払<rt>しはら</rt></ruby>いいただくようになります。

各種基本表現

到日本

住宿

飲食

逛街購物

觀光娛樂

電話、郵局

遇到麻煩

回國

退房時再一併結帳。

A：わかりました。ありがとうございました。

曉得了，謝謝您。

旅遊豆知識

日本的公共電話跟台灣一樣隨處可見。使用方法也大同小異。
每一種類可使用的硬幣種類，都標示在投幣口，一般是10日圓和
100日圓。沒有用到的硬幣，在掛上電話後會自動退回，但是不找
零錢。

■打公共電話

こうしゅうでんわ 公衆電話はどこですか。	公共電話在哪裡？
こうしゅうでんわ 公衆電話はどうかけるのです か。	公共電話要怎麼打？
しないでんわ ぶん 市内電話は1分いくらですか。	打市內電話1分鐘多少錢？
でんわ つう 電話が通じません。	電話不通。
でんわ こわ 電話が壊れています。	電話壞了。
テレフォンカードはどこに 売っていますか。	哪裡有賣電話卡？
わたし でんわ 私のかわりにここに電話をか けてください。	請代我打這支電話好嗎？
よこはま しがいきょくばん なんばん 横浜の市外局番は何番ですか。	橫濱的區域號碼是幾號？

■對方不在時

A:田中さんをお願いします。	請接田中先生。
B:只今出かけておりますが。	剛剛出去呢！
A:では、李慶忠から電話があったと伝えてください。	那麼請您轉達一下，有李慶忠的電話好嗎？
B:かしこまりました。	好的。
伝言をお願いできますか。	有留言嗎？
戻られたら電話をください。	回來時，請他給我電話。
こちらの番号は○○です。	這裡的電話號碼是○○。
彼はいつ戻りますか。	他什麼時候回來？
また電話します。	我再打電話。

■對方在時

A: 佐藤さんはいらっしゃいますか。	請問佐藤先生在嗎？
B:私ですが。どなたですか。	我是，請問是哪位？
A:王建國です。お久しぶりです。	我是王建國，好久不見。
B:まあ、お元気ですか。	唉啊，你一向可好？

A:お陰様で、元気です。	托您的福了，很好。
B:今どちらにいらっしゃるのですか。	你現在在哪裡？
A:ヒルトンホテルの１１０３号室です。	希爾頓的1103號房。
B:じゃあ、土曜日家に食事にいらっしゃいよ。	那麼，星期六到家裡吃個便飯吧！
A:ありがとうございます。必ず伺います。	謝謝您，一定拜訪。

■打到飯店

A:もしもし。	喂！
B:帝国飯店です。	這裡是帝國飯店。
A:１０８６号室をお願いします。	麻煩轉1086號房。
B:少々お待ちください。どなたも出ませんが。	請稍等一下，沒人接電話。
A:それでは、フロントにまわしてください。	是嗎？麻煩轉櫃台。
B:かしこまりました。	好的。

各種基本表現
到日本
住宿
飲食
逛街購物
觀光娛樂
電話、郵局
遇到麻煩
回國

■電話上的一般會話

よく聞こえないのですが。	我聽不太清楚。
もう一度お願いします。	請再説一遍。
ゆっくり話してください。	請説慢一點。
お待ちください。	請稍等一下。
あなたの電話番号を教えてください。	請告訴我您的電話號碼？
英語が話せる人と替わってください。	請幫我轉會説英語的人好嗎？

2 國際電話

實況會話：在飯店

A：台湾へ国際電話をかけたいのですが。

> 我想打台灣的越洋電話。

服務生：番号通話ですか、指名通話ですか。

> 要指名還是不指名呢？

A：番号通話でお願いします。

> 不指名。

服：お客様のお名前とお部屋番号は。

> 請告訴我您的姓名和房間號碼？

A：李慶忠です。部屋は３０８号室です。

> 李慶忠，308號房。

服：相手のお電話番号は何番でしょうか。

> 對方的電話號碼呢？

各種基本表現

到日本

住宿

飲食

逛街購物

觀光娛樂

電話、郵局

遇到麻煩

回國

Ａ：０２-２３８１-７２０１です。

02-2381-7201

服：では、受話器を置いてしばらくお待ちくださ
い。

請先將電話掛上，稍等一下。

■相關表現

国際電話のかけ方を教えてください。	請告訴我打越洋電話的方法？
この電話で台湾にかけられますか。	您是要打到台灣的嗎？
国際電話識 番号は何番ですか。	國際識別號碼是幾號？
コレクトコールをかけたいのですが。	我想打對方付費電話。
料金はこちらで払います。	我這邊付錢。
深夜割引は何時からですか。	深夜打折時段是從幾點開始的？
1分いくらぐらいですか。	1分鐘多少錢？

話のあとで料金を教えてく ださい。	通完電話之後，請告訴我電話費 是多少？

國際電話

打國際電話可分直撥跟透過國際台兩種方式。

●**國際直撥**：由日本直撥國際電話

$$旅館外線號碼 \rightarrow 001 \rightarrow 對方國碼 \rightarrow 對方區域號碼（去"0"）\rightarrow 對方電話號碼$$

●例如從東 打到台北，電話是02-2345-6789時：

$$旅館外線號碼 \rightarrow 001 \rightarrow 886 \rightarrow 2 \rightarrow 2345-6789$$

※從公共電話或一般家庭打時，可以省去「旅館外線號碼」。

●**透過國際台**：撥0051透過KDD（日本國際台）由接線生為您服務。有指名電話、叫號電話、對方付費電話等幾種。

3 郵局

實況會話

A：この小包を台湾までお願いします。

> 請將這個小包裹寄到台灣去。

局員：航空便ですか、船便ですか。

> 是空運還是船運呢？

A：船便だとどのぐらいかかりますか。

> 船運大概要花多少時間？

員：一ヶ月ぐらいかかります。

> 一個月左右。

A：では、航空便でお願いします。

> 麻煩用空運郵寄。

員：ここに品物の名前とだいたいの金額を書い
てください。手紙は入っていませんか。

> 在這裡填寫物品名稱和它的價值，有放信在裡面嗎？

A：はい、入っていません。

沒有。

員：３８００円です。

一共是3800日圓。

🌸 旅遊豆知識

　　從國外寄名信片給國內的親朋好友，貼上漂亮的外國郵票，必定是一種令人滿意的禮物。又替親友買的禮物也可以用小包郵寄，不僅可以減少行李的負擔，也一定能讓收到的人來個意外的驚喜。

■有關信件的會話

台湾まではがきはいくらですか。	寄到台灣的明信片要花多少錢？
７０円です。	70日圓。
７０円切手を三枚ください。	請給我70日圓的郵票三張。

各種基本表現

到日本

住宿

飲食

逛街購物

觀光娛樂

電話、郵局

遇到麻煩

回國

～円のおつりです。	找您～日圓。
送り先はどこですか。	您要寄到哪裡？
お荷物の中身は何ですか。	包裹內是什麼東西？
印刷物扱いにした方が安いです。	用印刷品寄會比較便宜！
台湾まで郵便為替を送りたいのですが。	我要寄匯票到台灣。
これを速達でお願いします。	麻煩寄快捷信件。
書留でお願いします。	麻煩寄掛號。

■寄包裹、打電報

この小包を台湾まで送りたいのですが。	我想寄這個小包裹到台灣去。
航空便だと何日かかりますか。	空運要花幾天的時間？
五、六日かかります。	5～6天左右。
郵便パック一枚ください。	請給我一個包裹郵件袋子。
船便の料金は航空便の半分ぐらいです。	船運比空運便宜一半左右的費用。

台湾へ電報を打ちたいのですが。	我想打電報到台灣去。
この用紙に書いてください。	請填一下這張表格。

■紀念郵票

今どんな記念切手がありますか。	現在有什麼樣的紀念郵票呢？
これはどうですか。	這個怎麼樣？
なかなかきれいな切手ですね。	非常不錯的郵票嘛？
一セットでいくらですか。	一套大概多少錢？
ちょっと高いですね。	稍微貴了一些。

相關單字

切手	郵票
受取人	收件人
手紙	信箋
住所	地址
ハガキ	名信片

番地 ばんち	號
カード	卡片
普通郵便 ふつう ゆうびん	普通信
年賀状 ねんがじょう	賀年卡
速達 そくたつ	快捷信件
封筒 ふうとう	信封
書留 かきとめ	掛號
郵便パック ゆうびん	包裹郵件
航空便 こうくうびん	袋子空運
段ボール箱 だん	紙箱子
船便 ふなびん	船運
差出人 さしだしにん	寄件人
小包 こづつみ	小包裹
ポスト	郵筒
祝電 しゅくでん	賀電

第八篇　遇到麻煩

1 迷路

實況會話

A：すみません、ここはどこですか。

請問，這裡是什麼地方？

警察：どうかしましたか。

怎麼了？

A：道に迷ってしまいました。

我迷路了。

警：そうですか。ここは不忍通りですよ。

迷路了呀。這裡是不忍街喲。

A：上野の森美術館に行きたいのですが。

我想去上野的森林美術館。

警：美術館は不忍池の反対側ですよ。

美術館在不忍池的反方向。

A：どうもありがとうございました。

非常謝謝您。

警：どういたしまして。

不客氣。

 旅遊豆知識

　什麼時候、怎樣的狀況下發生意外，是沒有人可以預料的。旅行在外，可能會發生迷路、遺失、竊盜及生病等意外事故。那時，不要驚慌失措，儘量求助於當地人，事情便可控制到最小程度。如果迷路的話，儘量走到大馬路、十字路上，通常在那裡都標有道路名稱。問路人時，儘量到人多的地方。

■相關表現

すみません、新宿駅_{しんじゅくえき}はどこですか。	請問，新宿車站在哪裡？
ここは何通_{なにどお}りですか。	這裡叫什麼街？

各種基本表現
到日本
住宿
飲食
逛街購物
觀光娛樂
電話、郵局
遇到麻煩
回國

ここはどこですか。	這裡是什麼地方？
この住所（じゅうしょ）に行（い）きたいのですが。	我想去這個住址的地方。
一番近（いちばんちか）い駅（えき）はどこですか。	離這裡最近的車站在哪裡？
歩（ある）いていけますか。	走路就可以到的距離嗎？
地図（ちず）を書（か）いてもらえますか。	請畫個地圖給我可以嗎？
何（なに）か目印（めじるし）はありますか。	有較明顯的目標嗎？
左側（ひだりがわ）ですか、右側（みぎがわ）ですか。	是左邊還是右邊？
真（ま）っすぐ行（い）くのですか。	是直走嗎？

各種基本表現

到日本

住宿

飲食

逛街購物

觀光娛樂

電話、郵局

遇到麻煩

回國

2 生病了、受傷了

實況會話

醫生：どうしましたか。

> 你怎麼了？

Ａ：頭が痛くて、少し熱っぽいんです。

> 頭痛，還有些發燒呢！

醫：熱を計りましょう。ああ、３７度９分ありますね。ちょっと口を開けて。腫れてますね。咳は出ますか。

> 量量看體溫，啊，37.9度。請張嘴看看，有點紅腫，會咳嗽嗎？

Ａ：ええ、少し。

> 會一點。

醫：風邪ですね。お薬をあげましょう。水分を十分とって、ゆっくり休んでください。

> 是感冒，給你開一些藥，多攝取水分以及多休息。

A：分かりました。ありがとうございました。

好的，謝謝您。

 旅遊豆知識

　旅遊中受傷了或生病了，是最令人著急的。一發覺身體不適，透過飯店櫃台為您聯絡醫院，找會講中文的醫生。又隨身攜帶平時所服用的感冒藥和胃腸藥也是應急的方法。

■有關症狀的表現

気持ちが悪いです。	有些不舒服。
顔色が悪いです。	臉色不太好。
全身に寒気がする。	全身發冷。
目眩がして、吐き気がする。	目眩、想吐。
くしゃみがとまらない。	噴涕打個不停。

体がだるくて食欲がない。	全身無力、食欲不振。
体が痒くてたまらない。	全身發癢難耐。
ずっと下痢をしている。	一直腹瀉不停。
ここ数日便秘です。	便祕了好幾天。
怪我をしました。	我受傷了。
足をくじいた。	腳扭到了。

■其他的表現

一番近い病院はどこですか。	離這裡最近的醫院在哪裡？
医者を呼んでください。	快叫醫生來。
救急車を呼んでください。	快叫救護車。
私を病院へ連れて行ってください。	請帶我到醫院去。
タクシーを呼んでください。	請叫部計程車來。
中国語を話せるお医者さんはいますか。	有會說中國話的醫生嗎？
早く。	快一點。
助けてください。	幫忙一下。
診断書を書いてください。	請寫一下診斷書。

相關單字

くすり 薬	藥
かゆみ止め	止癢藥膏
かぜぐすり 風邪薬	感冒藥
なんこう 軟膏	軟膏
いちょうやく 胃腸薬	胃腸藥
しっぷ 湿布	濕布
めぐすり 目薬	眼藥
ほうたい 包帯	繃帶
うがい薬	嗽口藥水
にん けが人	傷患

各種基本表現

到日本

住宿

飲食

逛街購物

觀光娛樂

電話、郵局

遇到麻煩

回國

3 皮包掉了

實況會話

Ａ：バッグをなくしました。

我皮包掉了。

警察：どんなバッグですか。

什麼樣的皮包？

Ａ：黒い革のバッグです。

黑色皮革皮包。

警：中に何が入ってましたか。

裡面放了些什麼東西？

Ａ：現金とカードです。

現金及信用卡。

警：分かりました。この書類に記入してください。

請你填一下這張表格。

それに、カード会社にも早めに連絡した方が

いいですよ。

還有最好儘早通知信用卡所屬公司。

A：はい、そうします。

好的。

旅遊豆知識

萬一發生遺失或竊盜意外時，由於找回的可能性不大，因此最好事先做好準備。如果護照遺失了，請聯絡「台北駐日經濟文化代表處」申請補發。為了能迅速辦理補發，出門前請多準備幾張照片，及記下護照號碼、發行日期。又事先影印機票、記下信用卡、旅行支票等的號碼，也是防範之道。

■東西掉了，遇到扒手

タクシーの中にバッグを置き忘れました。	我把皮包放在計程車上，忘了帶走。
財布を落としたのです。	我的錢包掉了。
財布の中に何が入っていましたか。	錢包內放了些什麼東西？
現金とカードです。	現金和信用卡。
パスポートをなくしました。	護照掉了。
一番近い警察署はどこですか。	離這裡最近的派出所在哪裡？

台北駐日経済文化代表処はどこですか。	台北駐日經濟文化代表處在哪裡？
どこに取りに行けばいいですか。	去哪裡拿好呢？
泥棒!すり!	有小偷！
警察を呼んでください。	快叫警察來！
紛失証明書を書いてください。	請填寫遺失證明書。

■發生緊急事故時

誰か来て。	來人啊！
助けて。	救命啊！
火事だ。	失火啦！
車だ。危ない。	有車，小心！

相關單字

パトカー	警車
１１０番	110號
消防車	消防車
すり	扒手

各種基本表現

到日本

住宿

飲食

逛街購物

觀光娛樂

電話、郵局

遇到麻煩

回國

<ruby>警察<rt>けいさつ</rt></ruby>	警察
<ruby>泥棒<rt>どろぼう</rt></ruby>	小偷
<ruby>痴漢<rt>ちかん</rt></ruby>	色情狂
<ruby>置<rt>お</rt></ruby>き2<ruby>忘<rt>わす</rt></ruby>れ	遺忘

第九篇 回國

出境報到

實況會話

服務員：タバコは吸われますか。

> 您抽煙嗎？

Ａ：はい、吸います。窓側の席は空いていますか。

> 抽煙，有靠窗的位子嗎？

服：申し訳ありません。窓側の席はもう空いておりません。お荷物は、いくつですか。

> 非常抱歉，已經沒有了，您有幾個行李呢？

Ａ：一つです。

> 一個。

服：こちらが搭乗券です。ご搭乗時間は１２時５０分、ゲートは５番になります。

> 這是登機證，登機時間是12點50分，在5號登機門。

Ａ：ありがとうございました。

> 謝謝您。

各種基本表現

到日本

住宿

飲食

逛街購物

觀光娛樂

電話、郵局

遇到麻煩

回國

旅遊豆知識

　回國最重要的是機位的再確認。一般是在起飛的七十二小時前。切記一定要在規定的時間內確認，才能確保機位。回國當天，要在出發前二小時到達機場，辦理登機手續。

■機位的再確認

予約の再確認をしたいのですが。	我想確認一下我的機位。
名前と日時、フライトナンバーをお願いします。	請告訴我，您的姓名、時間和飛機班次。
～です。～月～日、～時～分発、台北行107便です。	我是～，～月～日，～點～分往台北的107班次。

旅遊豆知識

　在機場辦理登機手續，請備好護照、機票，通常回國手續簡便許多。辦完登機手續、通過出境審查，就可滿載而歸了。

■出國手續

中華航空107便のチェックインカウンターはどこですか。	中華航空107班次登記櫃台在哪裡？
搭乗手続きはどこでするんですか。	在哪裡辦理登機手續呢？
もう始まっています。	已經開始了。
出発の2時間前からになります。	為出發前兩個小時。

あそこで空港使用料をお支払いください。	在那裡支付機場服務費。
にもつ ちょうかりょうきん 荷物の超過料金をいただきます。	請支付行李超重費用。
～行きの飛行機は、定刻の出発ですか。	往～的飛機，準時起飛嗎？
さんじゅっぷんおく ３０分遅れるかもしれません。	可能遲30分鐘。
ビジネスクラスに替えたいのですが。	我想換經濟艙。
あちらで手続きをしてください。	請在那裡辦理手續。

■道別的表現

わざわざ見送りに来てくれてありがとう。	謝謝您專程來送行。
いろいろお世話になりました。	多謝您的各方關照。
とても楽しかったです。	玩得好愉快。
手紙を書きます。	我會給您寫信。
また会いましょうね。	再會。

■通過安全門

| 手荷物をベルトの上に乗せてください。 | 請將手提行李放在輸送帶上。 |

ここを通ってください。	請從這裡通過。
貴金属などははずしていただけますか。	請將貴金屬類的東西拿下來。
鍵はこの中に入れてください。	請將鑰匙放在這裡。

■安全門的警鈴響了

金属類の飾り物はつけていますか。	您有帶金屬類飾品嗎？
これをはずしてください。	請把它拿下來
もう一回通ってください。	請再通過這裡一次。
はい、結構です。	可以了。

相關單字

帰国	回國
欠航	停飛
超過荷物	超重行李
遅延	延遲
超過料金	超重費用
乗り遅れる	耽誤搭乘
リコンファーム	再確認
キャンセル	取消

各種基本表現

到日本

住宿

飲食

逛街購物

觀光娛樂

電話、郵局

遇到麻煩

回國

日語系列：07

觀光日語易學通

合著／朱讌欣　渡邊由里
出版者／哈福企業有限公司
地址／新北市中和區景新街 347 號 11 樓之 6
電話／(02) 2945-6285　傳真／(02) 2945-6986, 3322-9468
郵政劃撥／31598840　戶名／哈福企業有限公司
出版日期／2014 年 10 月　再版二刷／2018年7月
定價／NT\$ 249 元 (附 MP3)

全球華文國際市場總代理／采舍國際有限公司
地址／新北市中和區中山路 2 段 366 巷 10 號 3 樓
電話／(02) 8245-8786　傳真／(02) 8245-8718
網址／www.silkbook.com　新絲路華文網

香港澳門總經銷／和平圖書有限公司
地址／香港柴灣嘉業街 12 號百樂門大廈 17 樓
電話／(852) 2804-6687　傳真／(852) 2804-6409
定價／港幣 83 元 (附 MP3)

email／haanet68@Gmail.com
網址／Haa-net.com
facebook／Haa-net 哈福網路商城

國家圖書館出版品預行編目資料

觀光日語易學通／朱讌欣　渡邊由里 合著
--初版. 新北市中和區: 哈福企業
2014[民103]
面；　公分---(日語系列：07)

ISBN 978-986-5972-74-5 (平裝附光碟片)
1.日語 2.旅遊 3.會話

803.188　　　　　　　　　　　103020174

Häa-net.com
哈福網路商城

Häa-net.com
哈福網路商城